選民服務是解謎!?

國會偵探 漆原翔太郎事件簿

天禰涼

鍾雨璇 譯

目錄

第一話　公園

1

「這是二〇〇九年九月二十六日的事情。這年，千葉羅德海洋隊因爲瓦倫泰教練（註一）的去留引起內部紛爭，表現低迷。一些心懷不滿的球迷砲轟球團，還在比賽中拉起了印有『下台負責』、『處死』等字樣的布條。

西岡剛選手對此提出了抗議。他在賽後的選手訪談中，聲嘶力竭地表示『這裡還有聽著看台上的歡呼聲，夢想長大要在這裡比賽而努力的孩子，請不要破壞這些孩子的夢想。』他說得可眞是對極了。

同樣的話不也能適用於當今的政界？各位，政治人物不論做什麼，或是相反地不做什麼，大家不總是先批評一番再說？任何孩子都不可能在明知遭受到這種對待的情況下，還立志成爲政治人物。就這樣，孩子視政治人物之路爲畏途，紛紛選擇輕鬆獲得他人讚賞的工作，導致政治空洞化。

此時，就是我們這些政二代登場的時候了。

明知會被人安罪名抓小辮子，我們仍舊勇敢繼承父母衣缽，投入政界，這種勇氣實在令人欽佩吧？說起來，政二代可是守護『政治人物』此一職業的最後堡壘。世襲不好？把政治當成家業？這種批判簡直是豈有此理。如果是感謝我們就算了，但政二代可沒道理受到這種批判。

其實政二代從以前就比比皆是。畢竟連明治時期政治人物代表之一的山縣有朋（註二）的養子好像也當過市長還是部長。

這些二一味沉緬過去，批判政二代的傢伙根本對這些事一無所知，還敢大放厥詞說『以前的政治人物比較有骨氣。』眞是令人看不下去呢。」

在現場直播中大言不慚地說出這些話的，正是我——雲井進——跟隨的國會議員．漆原翔太郎。

翔太郎的父親，漆原善壹議員是一位偉大的政治家。他毫無保留地爲國民奉獻自我，完全不在乎個人利益和欲望，也不看黨魁的臉色行事，因此不受陳腐的官僚慣習束縛，只在意我國未來，是一位傑出的人物。

我深受他的爲人吸引，一心希望善壹議員收我爲秘書，因此不請自來地在成人式前踏進議員的事務所。十年已過，全靠議員的賞識，既無學歷也無後盾的我勉強博得「優秀議員秘書」的評價。秉性耿直的議員樹敵眾多，但總有一天會當上自由國民黨的黨魁，成爲「漆原善壹總理」。

註一：巴比．瓦倫泰（Bobby Valentine，1950-）一九九五年以及二〇〇四年-二〇〇九年間，兩度擔任日本職棒千葉羅德海洋隊總教練。

註二：山縣有朋（1838-1922）曾任日本總理大臣、陸軍大將、元老。養子指的是山縣伊三郎（1858-1927），繼承了山縣有朋的爵位。

但他憂國憂民、鞠躬盡瘁的個性卻釀成悲劇。

秋老虎持續發威的今年——二〇××年九月，議員因心臟病發倒下，隔日去世。他在電力公司擔任業務的兒子翔太郎獲得眾人推舉爲繼任者，加上本人對踏入政壇很感興趣，事情進展得非常順利。

翔太郎宣布繼承善壹議員的政策，並且充分運用父親的地盤、知名度與政治資金，在十月補選中大獲全勝，而且還是和第二名有著出乎意料的巨大差距的壓倒性勝利。

我原本打算見證翔太郎當選後就轉換工作跑道，但這個結果改變了我的念頭。翔太郎長相俊俏並且能言善道，是粗獷的善壹先生所沒有的魅力。他無疑擁有政治人物的天賦，而且善壹先生常將「眞擔心兒子踏入政界」掛在嘴邊。

培養翔太郎成爲獨當一面的政治人物，不正是我能爲善壹先生做的最後一件事嗎？

我抱著這樣的想法，欣然接受提拔，負責教育翔太郎。而善壹夫人只留下一句「我在的話，翔太郎會很難大展身手吧。」就移居美國，我也挺胸向她保證「放心，請將翔太郎交給我。」

雖然對不起一心一意希望我換工作的母親，因爲她總叨念「議員秘書不就是政治人物幹壞事時，推卸責任地說一句『這都是秘書自作主張。』然後被逼著自殺的工作嗎？你還是在狀況惡化前趕緊找一份普通工作，結婚定下來吧。」但是面對即將展開的人生新航程，我的確屏息以待，躍躍欲試。

只是萬萬沒想到善壹先生的兒子愚蠢到這種地步。

就在「漆原善壹的兒子」進入國會，備受矚目的第一天，他的嘴裡居然蹦出「政二代感謝論」。想當然耳，媒體、民眾、黨內外等各界罵聲不斷，黨內大老更暴跳如雷表示「黨的支持率已經夠糟了，居然還這麼說話。」公開斥責翔太郎。

我當然也採取行動——我在「政二代感謝論」的發言之後準備了資料，誠懇仔細地向翔太郎說明「政治人物是什麼、如何爲國民鞠躬盡瘁。」我認爲翔太郎只是因爲首次當選而興奮忘我，好好講過就會理解。聽完我一番諄諄教誨，翔太郎用力點頭，「你想說的我都懂了，謝謝你，雲井。」這一刻，我確信我們兩人心靈相通。

但這只是我的一廂情願，他依然故我。在國會會議中大打瞌睡的糗樣當場被全國電視轉播；他還和宿敵社會和平黨一同起鬨，嘲笑接受質詢時啞口無言的總理；更說錯與我國有重要關係的某國總統名字——此類行徑層出不窮，醜態百出。

現在他已經變成媒體眼中的「問題政治人物」，各家報章雜誌都當他是取笑的題材。難不成善壹先生當初所謂的「令人擔心」指的是這種情況？而善壹夫人其實是把翔太郎塞給我，逃去美國？

就算我出言指責他，「政治人物是人民的代表，應該更注意自身言行。」翔太郎也會這樣反駁：

「我可是以奔放的言行著稱，在網路上大受歡迎喔。」

「網路上的人氣毫無意義，網路使用者幾乎都是年輕人，他們大多不去投票，根本連一票都算不上。」

「真是嚴重的偏見啊。不過這樣的話，只要修改公職選舉法，改成網路投票就好啦，這樣我穩穩當選。」

「在這個高齡化的時代，靠年輕選票的話，要當選是很危險的。」

「放心放心，我俊俏的外表在婆婆媽媽之間很吃香。」

翔太郎無論何時都是這種調調，我說A，他就說B，絕對不會聽話。

翔太郎在選舉期間從不會這樣。在曾是善壹先生得力親信的重要秘書「宇治家先生」面前，自然不用說，對周遭的建議也絕對都是唯唯諾諾點頭稱是。每個人都被翔太郎裝出來的樣子騙了。

我自認還算有能力，但對上翔太郎這個對手，也愈來愈沒有自信。

翔太郎就這樣不時引起話題，而媒體民調也總是敬陪末座，但今天終於迎來恢復人氣的絕佳機會。

契機來自已經隱退的大政治家蜂須賀信造。

只要翔太郎挺身而出，對抗蜂須賀策畫的森山第九公園拆遷計畫，在Z縣當地的支持率一定可以從谷底起死回生。

2

一切的開始就在十天前，也就是十一月的第三週。

那天，翔太郎接受了演講的委託，久違地從東京回到Z縣。這時，管理森山第九公園的NPO法人「綠色森林協會」的代表戶部夏子前來拜訪。雖是未經預約的來訪，但總不能將選區的選民趕回去，於是先由我在事務所的接待室見她。

「你就是漆原先生的秘書？還眞是年輕帥氣呢。」

還沒打完招呼，夏子就盯著我的臉這麼說。雖然低頭回了「您過獎了。」但老實說我不太喜歡有關外表的稱讚。比起稱讚我的外貌，一句「眞是能幹有爲」之類的誇獎更讓我感到喜悅。

「您這次來訪爲的是？」

「此次前來，其實是想請你們守護森山第九公園。」

一起話頭，夏子馬上迅速講出始末。

Z縣森山市有一座名爲森山第九公園，頗具規模的公園。這座公園是四十年前由市民提案建設，委託「綠色森林協會」管理。夏子是第四任代表，而現在的市民認爲森山第九公園已經是不可缺少、讓他們引以爲傲的公園。但最近市政府推動的都市計畫中，第九公園赫然成爲土地畫分調整的對象。根據都市計畫，公園將被拆毀改建公寓，剩下的土地則拿來當停車場，簡單來說，這是破壞公園的都市計畫。

這份突然曝光的計畫的幕後黑手就是蜂須賀信造。

蜂須賀進入政界前是頗富盛名的建築師，也是提案建造第九公園的中心人物。他以「我們需要一座讓市民休憩，舒緩心靈的公園」的論點帶動周邊居民投入計畫，獲得眾人對其領導力的肯定。他以此爲契機踏入政壇，從Z縣轉戰東京，一路爬上社會和平黨的秘書長之位。他一年前退出政壇後，回到Z縣悠閒度日——事情應當是這樣才對。

「蜂須賀那個老頭雖然給我裝傻，說什麼『我只是受人之託幫個忙。』不過他一定就是那個公寓建造計畫的主謀！對吧，親愛的？」

「咦？呃，是啊。」

我忘記說了，夏子的丈夫也隨她前來。雖然不想單從外表評斷，不過他實在是一位存在感稀薄的男性。他的身材與微胖的夏子對照之下宛如柳條。此外，夏子在我確認對方遞來的名片前就滔滔不絕起來，以至於我還不知道他的名字。

「的確，就算已經退出政壇，蜂須賀先生的影響力應該還是很大。不過這件事還眞是……奇妙。」

我謹愼地挑選字眼繼續說，「爲什麼他要破壞自己費力蓋起的公園？而且蜂須賀先生一向以不論何時都站在人民這邊的高潔人品爲人所知，實在很難想像他無視市民意願。」

「大概是年紀大了就老糊塗了，男人就是這種貨色。」

夏子恨恨地吐出這句話，但馬上話鋒一轉。

「所以我才想拜託漆原議員。」

不知她是忘了翔太郎也是男人，還是誤以為美男子就不會變老，她的聲音中帶上一抹諂媚。

「請漆原議員去和蜂須賀交涉，讓他放棄這種亂七八糟的計畫吧。最近的年輕人對這種事情漠不關心，完全不肯出力幫忙。不過只要在年輕一代中擁有龐大人氣的漆原議員出馬，一定可以改變輿論風向。」

翔太郎在年輕世代中是否擁有龐大人氣，這點還有待商榷，不過整件事情聽起來倒是不錯。

「自由國民黨的年輕鬥士挺身而出，對抗社會和平黨的前幹部。」

如果請認識的新聞記者寫這種報導，應該能夠改善翔太郎的形象。儘管還是新進議員的翔太郎沒有推翻蜂須賀決定的力量，但假使能以此為契機吸引社會關注，仍舊可能改變現狀。

「我明白事情經過了，但這不是我能擅自決定的事情，請您直接和漆原議員談談看吧。剛好他人在二樓，請容我帶路。」

翔太郎應該能夠明白這種程度的事理吧，我如此判斷並踏出腳步。

「才不要，我拒絕，應該說我做不到。」

夏子說完事情始末，翔太郎立刻回答。頎長的身材包裹在剪裁合身的西裝之中，青年挺胸堂堂拒絕的模樣，看起來實在是凜然颯爽。

但是我希望的不是那副颯爽的姿態，而是最起碼的明辨事理的能力。

「蜂須賀信造可是縱橫政界數十年的大人物耶？百戰百勝的強者喔？當選還不到一個月的我可完全當不了對手。這種簡單的事情，稍微想一下就會懂了吧？」

「請、請不要這樣說，如果連您都拒絕了，那我們又該何去何從呢？對吧，親愛的？」

「啊？呃，對啊。」

「我不是因爲不想出面才這麼說，是因爲找我以外的人對你們比較好，我才狠下心拒絕的。」

一開始說「才不要」的人到底是誰啊。

翔太郎一旦進入這種狀態就不會聽人話。別說說服，繼續講下去大概會讓他開始和人作對。話雖如此，就這樣請戶部夫婦回去又會增加翔太郎的惡評。照理來說應該避免在選民面前用這招，但我別無他法。

「您既然這麼說的話，那就沒辦法，只好回絕這件事了。」

我露出乖順的表情低下頭，裝成自言自語的樣子。

「聽說最近蜂須賀先生那邊有位秘書是難得一見的美女，原本還以爲有機會一見，眞太可惜了。」

「難得一見的美女？」

很好，上鉤了。

「你唬我吧，雲井？我可從沒聽說過這件事。」

「蜂須賀先生退休之後就不太在公開場合露面。不過這件事在秘書之間倒是挺有名，我聽說是他在約一年前，以個人名義聘僱的女性秘書。」

「就是她！就是那個女人！」

夏子突然大叫：

「那個女人就是蜂須賀的情人。他一定是爲了蓋公寓給她才拆第九公園，眞是差勁的色老頭。」

「請不要那麼說，蜂須賀先生是一位人品高潔的人。」

「不，雲井。」

翔太郎的口氣異樣沉重。

「蜂須賀先生以高潔人品聞名是他仍在政界的時候，退休後的他非常有可能因反動沉迷美色。如此一來，我們就非阻止這次的計畫不可。」

「漆原議員，也就是說……」

夏子的臉亮了起來。

「是的，我接受您的請託。」

翔太郎臉上露出令人感受不到半點不良思想的清爽笑容。

「蜂須賀先生試圖拆毀公園的理由除此之外不做他想，那麼我漆原翔太郎必將竭盡全力，不讓蜂須賀先生——不，不讓色老頭稱心如意。」

「太感謝您了！議員您一定能打敗那個色老頭，對吧，親愛的？」

「呃？嗯，是啊，沒錯。」

雖說是我提起美女秘書，但真沒想到結果會變成這樣。蜂須賀先生這個人根本不可能有情人，更別說為此拆毀公園。他雖然身屬敵對的社會和平黨，但也是我除了善壹先生之外最尊敬的政治家。

不過這樣就能在保住翔太郎聲譽的情況下，依選民的期望推動事情了。

來吧，戰鬥才要開始。

打電話到蜂須賀家去時，接起來的不是傳聞中的那位美女秘書，而是蜂須賀本人。

「你是善壹那邊的雲井嘛，我記得，就是那個武士秘書吧。」

「武士秘書」是我的綽號。似乎是我默默為善壹先生處理周邊事務的樣子令人聯想到武士，於是不知不覺間，大家都這麼稱呼我了。我不討厭這個綽號，但沒想到連敵對政黨的大老都知道。我克制著難為情的感覺，告知對方來電用意，「漆原希望與您針對拆遷『森山第九公園』一事討論。」像蜂須賀這樣的男人，單刀直入說明來意比較好。一如我的預期，蜂須賀答應了。

「是漆原那小子啊，有趣，我就聽他說說。你們就選一個方便的時間吧。」

沒想到蜂須賀竟然願意配合身為晚輩的翔太郎時程，果然令人敬佩。懷疑他和美女秘書有特殊關係的人都該切腹謝罪。翔太郎如果有此打算，我隨時願意幫他介錯（註）。

幾天後的星期天，我開車載著翔太郎前往森山第九公園。

代代都是資產家，同時還是政二代的翔太郎擁有的財力，要僱用司機根本綽綽有餘，但目前開車仍是我的工作。

在車中，議員可能會鬆懈而說出眞心話。剛開始時，最好由你負責駕駛——宇治家秘書憐愛地撫摸著新藝術風格桌燈的葡萄裝飾，提出這樣的建議。

「所以我們是要去做什麼？」

「要請戶部太太他們拍下您在公園散步的樣子，如果裝作平日就留意公園的樣子，媒體報導起來會比較好看吧。」

「可是我根本沒去過什麼第九公園，大人還眞是骯髒啊。」

「鑑於您有被選舉權，您在法律上也是大人喔。」

不過精神上可不一定是大人。

我一路照著汽車導航的指示，不過似乎是因爲森山市的開發速度太快，登錄資料已經過時無法使用。但注意到這點時，我們已經迷路了。即使詢問路人，也盡是「我不知道，去問別人吧。」之類的回答。

「照這樣下去就要遲到啦，與市民約好卻晚到，眞令我心情難受。」

無視後座客人施加的壓力，我迅速開往車站前的派出所詢問，終於在最後一刻抵達。

森山第九公園是一座受到細心維護，令人心情愉快的優良公園。遊樂器材雖然老舊，但保

註：幫切腹的人砍頭的人。

養良好。公園中染上秋色的紅葉也十分美麗。花壇中雖然目前什麼都沒種，那是因爲現在正在更替植物種類，預計到了春天就會開滿鮮花。

除去翔太郎吵著「奇怪的照片比較好」而試圖爬上空無一人的鐵格子，或打算鑽進白得閃閃發亮的垃圾箱鐵網等麻煩狀況，攝影進行得非常順利。

直說著「議員，請您一定要說服蜂須賀先生」、「大家的公園未來都看議員您了」等話，並且要求握手的「綠色森林協會」成員平均年齡偏高，明白顯示出年輕一輩的漠不關心。

面對這些話語，翔太郎這麼回答，「請交給我吧，公園是大家的寶物，而大家的寶物就要好好守護。當然所謂的『大家』也包含各位這樣年紀大活——」

「議員，該趕下一個行程了。」

我趕在翔太郎說出「也包含各位這樣年紀大活不久的老頭子」前，急急忙忙截斷他的話。

第二天到與蜂須賀會面的日子爲止，我教導翔太郎學習最低限度的交涉技巧，雖然勝算渺茫，但總不能兩手空空地上戰場丟臉。翔太郎自始至終都一臉不甘不願，最後大呼一句，「與其如此，不如摸清敵人比較重要。」開始讀起蜂須賀的著作。

「突然看這些書，也不過是臨時抱佛腳。」

「一樣是臨時抱佛腳，比起交涉技巧，多知道點關於對手的知識比較有幫助吧。」

「您讀那些又能得到什麼知識？」

「知道蜂須賀先生的建築設計有多麼優秀。」

我雖然還有意見，但是料想翔太郎不會在美女秘書面前說蠢話便還是放棄了。

會面當天——也就是今天，我來到距離森山第九公園徒步十五分鐘，蜂須賀的巨大日式宅邸前。據說這是隱退後，蜂須賀爲了埋骨Z縣而買下的房屋。

但即使過了約定時間，翔太郎依舊沒有出現。

3

「漆原議員還眞慢啊。」

戶部沒精打采地說，我只能回他「我想他差不多快到了。」（我要先去別的地方，你們先去吧。）

我不過稍不注意，翔太郎就消失得無影無蹤，只留下這張便條，連電話也不接。我抱著祈禱般的心情來到約定地點，卻仍然不見他的人影。我明明總是叮嚀他「有約的時候要在十分鐘前抵達。」但他此時行爲讓人完全感受不到他對此事的幹勁。

不過毫無幹勁的不只是翔太郎一人。

「議員不來的話，我們要不要先打退堂鼓，改天再來？」

戶部馬上表現出想要走人的態度，因爲身爲主事者的夏子只打了通電話，說了「我要參加園藝講座，所以臨時不能出席，請把外子當成我，將一切都交給他。」單方面宣告自己的缺席，結果來的只有一臉不情願的戶部。

「怎麼樣，我們先回去吧，隨便掰一個藉口就趁早閃人吧。」

「您說這什麼話？」

就算對象比自己年長，該指正的事情還是得明白說出。

「蜂須賀先生特地爲我們排出時間，所以禮貌上就算只有我們，也應該赴約。」

正當我打算催促戶部時，宅邸大門毫無預警地開了。

站在門口的是一名年輕女性，看到她的瞬間，我情不自禁地屏住呼吸。

我的腦海中除了美麗之外沒有別的形容詞。

眼前女性的美貌擁有不屬於日本人的異國風情，說不定她有著外國血統。她有著白皙肌膚和深邃五官，身高以日本女性來說也偏高，深藍色的俐落套裝在她身上顯得非常好看。

「請問是漆原翔太郎議員那邊的人嗎？」

與俐落的外表相反，她有著軟綿綿的嗓音。

「您好，我是蜂須賀先生的秘書，四葉明日香。」

我看著遞上前的名片，終於回過神。

「我是漆原翔太郎事務所的秘書，雲井進，還請多多指教。」

在涼颼颼的室外剛打照面就開始交換名片讓我覺得有點奇怪，但還是遞出自己的名片，而四葉小姐只伸出右手接過名片。照理來說，收下名片時應該要用雙手接過才合乎禮節，顯然她的職場禮儀還有待加強。

「那麼這邊的這位是？」

「啊、呃，我……不，在下沒有名片……」

戶部回覆得語無倫次，就算對方長得美麗動人，也有點反應過度了。

四葉小姐「哎呀」一聲睜圓了眼睛，用溫軟的聲音說道：

「這樣啊，就已經踏入社會的男性而言，居然連一張名片也沒有，可真是令人難以理解地缺乏常識呢。」

我一時之間還以爲是自己聽錯了，畢竟因爲一張名片就說對方缺乏常識，如此缺乏常識的發言不可能出自一名成熟大人之口，更不用說還是一名退休政界大老的秘書。但是從戶部整個人都傻住的反應來看，我的聽力顯然沒有任何問題。

「這、這邊這位是『綠色森林協會』的代表，戶部夏子女士的丈夫。」

在我說完這句打圓場的話之前，四葉就轉過身。

「請往這邊走。」

她看也不看我們一眼，逕自走向屋子裡面。

……這已經不是職場禮儀或是適不適合當秘書的問題了，以社會人士而言，根本是嚴重不及格。像蜂須賀先生這樣的人，怎麼會讓手下的秘書如此缺乏教育？

我懷著滿腹疑竇跟在四葉小姐身後，突然間聽到了動物的低鳴，而聲音的來源是一隻貓。一隻白色的大貓正豎起全身毛，對我發出「嘶哈——」的威嚇聲。

「哎呀，安大略竟然會這樣。」

停下腳步的四葉小姐發出了驚訝的聲音。

「牠平常不論誰做了什麼，都是一臉毫不關心地趴在地板睡覺，這還是我第一次看到安大略這麼激動。雲井先生，您可眞不簡單呢。」

「我不過是區區的議員秘書罷了。」

看來是我心中的懷疑表現在臉上，引起貓的戒心了。我連忙擺出開朗的表情，但還是有點受到打擊——這還是我出生以來第一次被貓討厭。

出現在我們面前的蜂須賀先生，和在國會時的他一模一樣。站在國民立場努力爲人民發聲的溫柔，以及長年在政界打滾的智慧，依舊在他的雙眸之中閃閃發亮。眼前和記憶之中一模一樣的蜂須賀先生，讓我胸口情不自禁發熱。

但是與此同時，我心中對於「爲何讓四葉小姐這樣的女性擔任秘書」的疑問也變得更加濃厚。

「漆原善壹是個有趣的男人。」

蜂須賀先生在我對面的沙發落座，回想似地瞇起眼睛丟下這句話：

「他曾經在現場轉播中，面對批評『國會議員的薪水太高』的政治評論家，反駁說『沒這回事。』並詳細說明了薪水明細，出色地破解了對手的言論。如果以贏取國民支持爲目標，他明明只要一臉乖順地帶過話題就好了。我直到他過世之後，才發現我喜歡那個頑固耿直的男人——說到這，漆原那小子人呢？」

「萬分抱歉，他突然有急事要處理，稍晚才到。」

蜂須賀先生應該一輩子都不可能會喜歡這個年輕的漆原吧，我一邊這麼想，一邊向蜂須賀先生道歉。蜂須賀先生落落大方點了點頭。

「那也沒辦法，不過我還有要處理的事情，所以容我先告退。等漆原到的時候再叫我吧。」

蜂須賀先生留下這句話，就和送茶上來的四葉小姐一起離開房間。他們離去還不到一分鐘，戶部就發出抱怨聲。

「漆原議員怎麼還沒到啊？」

相對於啜飲送上的熱茶讓心情放鬆的我，戶部碰都不碰茶杯，只是頻繁地抖腳，看起來比進來前更想回去。

「果然還是等下次再來才對。」

我裝作沒聽到這句充滿抱怨意味的自言自語，說了「不好意思，我去一趟洗手間。」就起身離席。儘管戶部仍舊一臉不滿，還是回了一聲「請便。」

到這個時候還想打退堂鼓，可眞是難看。雖然我心中這麼想，但是身爲關鍵人物的翔太郎遲遲未到，所以我也沒法對他說教。

我一踏進走廊，就拿出手機打給翔太郎。一如預期，電話的另一端只有一成不變的播號聲。

……翔太郎這傢伙，到底在哪裡做什麼？該不會打算就這樣爽約吧？你這麼做的話，可是會導致自己的評價跌到谷底喔。就算你對此毫不在意，萬一被人在背後指指點點說「漆原善壹教育失敗」怎麼辦？光是之前那些不當言行就已經對善壹先生的名聲造成影響了，現在再來這齣可是會雪上加霜。唉，如果翔太郎只是假冒善壹先生兒子之名的無禮騙子，實際上跟善壹先生毫無關係，那該有多好啊……

我抱著滿腦子不切實際的希望在走廊漫步，不知不覺走到和客廳有一段距離的地方。擅自在別人家走動太過失禮，正當我打算轉身折返時，一句話落進我的耳裡。

「我一定會將森山第九公園夷爲平地。」

從具有高級感的漆亮木門之後，傳來了蜂須賀先生的聲音。不，更精確的描述應該是傳來了蜂須賀先生寵溺的聲音。

「我要在那塊地上蓋起我設計的高級公寓：一棟讓人完全想不到是政府蓋的、充分表現出美感的公寓大樓，頂樓還有絕佳的景色。」

一陣愉快的笑聲響起。

「我已經把設計圖發給市議會的議員了，這將是我蜂須賀信造眞眞正正的最後一項工作。等到完工之後，我就會把這小寶貝送給四葉。」

我這次眞的開始懷疑自己的耳朵是否出了毛病，於是將耳朵緊緊地貼在門板上。

「眞是太棒了，這樣我就能每天低頭欣賞了。」

「妳就天天欣賞吧，像女王陛下俯視治下般的模樣一定很適合四葉。」

「討厭，您在說什麼呢。」

我從門上移開耳朵，步履蹣跚地朝走廊邁開步伐。

色老頭、色老頭、色老頭……

翔太郎前幾天說過的話在我的腦海中不斷重播。

——我的信任落空了。

我回過神後，發現自己四肢著地跪在地板上。

從對話內容來看，「這小寶貝」指的一定是公寓。把公寓送給小四葉——像女王陛下俯視治下般的模樣——寵愛甜膩的聲音——這些歸結出一個令人難以接受的結論。

雖然我不想承認，但整件事看來就像翔太郎和夏子說的一樣。

四葉明日香是蜂須賀信造的情人。

所以他才會僱用那麼缺乏常識的女性當秘書，而且還打算爲了他的情人，一手毀掉公園……啊，我果然再也遇不到第二位像善壹先生那樣高潔的政治家了嗎？

我對此感到深深的失望，然而換個角度來看，眼下發生的事情說不定是個機會。

我原本以爲這會是一場贏面極小的談判，不過假如手上握有能夠將死蜂須賀的底牌，那就另當別論了。我將聽到的對話告訴翔太郎，翔太郎利用對話內容與蜂須賀對決，如此一來都市計畫就會中止。這件事會給社會和平黨帶來重大打擊，市民們會歡欣鼓舞，而翔太郎的支持率也會隨之上升。不論怎麼想都是穩賺不賠，很好，我馬上跟翔太郎講這件事……

不，不行。

直接告訴翔太郎的話，他一定不會乖乖聽話，搞不好還會說什麼「我才不會做出這種將別人的戀情當成勒索籌碼的下流行爲。」也就是說，我必須讓翔太郎產生錯覺，讓翔太郎以爲他是自己相信「蜂須賀爲了情人，打算拆毀公園蓋公寓。」

「冷靜下來，雲井進，你可是全世界最優秀的秘書。」

我像每次陷入困境時一樣，進行自我暗示，絞盡腦汁思考對策。有沒有什麼辦法？蜂須賀和四葉先前的對話之中，有沒有什麼線索……俯視治下……蜂須賀本來就是享有盛譽的建築師……頂樓……

我的腦中閃過一個想法。雖然成功機會不大，但也只能碰運氣了。

4

我假裝去接翔太郎而離開了蜂須賀的大宅，因爲我必須設法在翔太郎和蜂須賀碰面之前，將我掌握到的眞相傳達給翔太郎。

「咦，雲井？你在這裡做什麼，你該不會遲到了？」

就在這個絕妙的時間點，翔太郎出現了……不過不知道爲什麼，他是從和車站相反的方向來的。

「爲什麼您是從那個方向來的？」「我去和人碰面啦，我不是留了張紙條說我要先去別的地方嗎？」「您去和誰見面？」「哈魯。」「那又是誰？」「在網路上認識的朋友，我想起來哈魯就住在這附近，所以剛好去拜訪一下，結果一聊起來就遲到了。」

這算哪門子的剛好啊。

「別管這些了，我可是從哈魯那邊聽到不得了的情報喔，這樣就可以阻止蜂須賀了。」

翔太郎從那位我甚至不知是男是女，叫做哈魯的人物口中，聽到了以下情報：

雖然最近沒什麼人在提了，不過森山第九公園之前曾經有幽靈出沒的傳聞，內容大多是明明周圍不見人影，卻覺得有人就在身邊。

哈魯自己也有一次詭異的經驗。

大約在一年前，哈魯深夜經過公園附近的時候，覺得似乎聽到充滿恐懼的女性慘叫及凶惡的男性怒吼。哈魯嚇得當場逃離，不過之後又在意公園是不是發生了什麼案件，試著在報紙和網路搜尋相關消息，結果發現市內根本不曾發生任何案件。

「也就是說，哈魯聽到的是幽靈的聲音。」「幽靈是不存在的，那些聲響如果不是來自案件，也可能是醉漢吵架之類的，而且這個情報到底要怎麼阻止蜂須賀？」「告訴他森山第九公園有靈異現象嘍。如果在這樣的地方蓋公寓，小心居民會遇到幽靈作祟喔？這樣會被人要求負起行政責任喔？」

我的頭忍不住痛了起來。

「咦？你看起來好像不太舒服，該不會是怕鬼故事？」

「比起這個，先讓我報告一下現在情況。」

我說明了夏子取消赴約、戶部一臉畏縮的模樣，以及蜂須賀先生仍在等待等等狀況，不過翔太郎沒表現出半點興趣，直到我提到另一個話題。

「然後關於傳聞中的美女秘書四葉明日香……」

「喔，怎麼樣？」

不出所料，翔太郎被關於美女的話題勾起興趣。

「四葉小姐的行爲舉止似乎不太像一位秘書。」

我壓低聲音，說出遞名片時發生的事情。

「很難想像曾經是政治人物的人，會讓這樣缺乏常識的女性擔當自己的秘書，說不定蜂須賀先生是因爲某種理由才僱用她。」

如果翔太郎聽了之後，能夠領會「她果然是蜂須賀的情人。」那就省下我不少工夫了。

「某種理由啊，嗯——不過她又不會是蜂須賀的情人。」

「……您之前不是說蜂須賀是色老頭嗎？」

「讀了蜂須賀的書後，我改變想法了。那個人打從骨子裡就是一位高潔的人物，不可能有情人。」

「但是蜂須賀對四葉的態度和平常完全不同喔，說話方式也像蜂蜜再加上砂糖一樣甜膩膩黏糊糊。」

「如果對象是年輕女性，會變成那種說話方式也很正常啦。你該不會認爲四葉小姐是蜂須賀先生的情人？那可眞是失禮啊，應該切腹以示謝罪，我隨時都能幫你介錯喔。」

……這一定是天譴，因爲我之前也想過類似的事情。

不過我還沒打出最後的王牌，快來吧，我的王牌！

似乎是感受到我心中的呼喚，我的手機響起了簡訊的提示音。我急忙掏出手機，打開剛收到的簡訊。很好，傳來的簡訊夾帶著檔案。我帶著祈禱般的心情點開了簡訊——

然後稍微做出勝利的手勢。

「議員，請您看看這個。」

翔太郎滿臉疑惑地伸手接過我遞出的手機。

「這是由蜂須賀一手設計，預定蓋在第九公園位置的高級公寓，我請認識的秘書將這份設計圖發送給我。」

我剛才聯絡了社會和平黨的議員秘書，請求對方將設計圖發過來，因爲我想起蜂須賀曾經說過「我已經把設計圖發給市議會的議員了。」雖然對方是敵對政黨的秘書，但因爲常在研討會碰面，彼此算是會互相幫點小忙的交情。對方答應盡快將設計圖發送給我。

「這棟建築物的頂樓看起來有點不一樣，對吧？」

這是一棟圓筒形的七層樓公寓，而頂樓是一個呈甜甜圈狀，用玻璃包覆的環狀空間。

「各個樓層都各有六個房間，但唯獨頂樓只有一個房間，而且形狀特殊。如果從這個頂樓往外望去，可以三百六十度地眺望市內的景色。簡直就像——」

我盡可能地讓自己的語調聽起來若無其事。

「簡直就像是爲了送給某人而精心設計似的。」

我碰運氣的一步賭對了。

蜂須賀設計的公寓頂樓果然有所不同，而給我靈感的是先前聽到的對話。

——頂樓還有絕佳的景色。

——等到完工之後，我就會把這小寶貝送給四葉喔。

——像女王陛下俯視治下般的模樣一定很適合四葉。

從這些話來看，蜂須賀一定是打算將小寶貝——也就是公寓，而且還是頂樓的部分送給情人四葉。而做爲一位知名的建築師，蜂須賀會稱之爲「最後一項工作」的話，頂樓一定具有特殊的設計，讓公寓看起來一點也不像依都市計畫蓋起的一般公寓。我憑著這份推測，請認識的人調出設計圖，最後結果出來了。

我的推測命中了。

翔太郎認眞地盯著甜甜圈狀的玻璃牆部分，看來比我預想的還在意。好，只差一點了。

「以都市計畫的建築來說，的確是相當嶄新的設計，不過就這樣說這是爲了送人而特意設計的，想法也太過飛躍了。」

「您說的是，」我姑且讓了一步。

「不過我在去洗手間時，不小心聽到了蜂須賀先生和四葉秘書小姐之間這樣的對話……」

我裝出毫無頭緒的樣子，複述了蜂須賀他們的對話。

「不知道這和第九公園的事情有沒有什麼關聯？」「爲什麼你不早點跟我講，當然有關聯啦。」「咦，有嗎？」「沒錯，我明白蜂須賀先生爲什麼要拆毀公園了。」「眞的嗎？」「你還沒發現到嗎？」「沒有，我毫無頭緒。」「眞是拿你沒辦法啊，雲井。」

自以爲福爾摩斯的翔太郎滿臉得意地抬頭挺胸，對忠實扮演華生角色的我如此宣告：

「等著看吧，我這就在蜂須賀先生面前說出所有眞相。」

謝天謝地，看來翔太郎總算掌握到眞相了。話雖如此，現在還是不能掉以輕心，難保翔太郎不會異想天開，說出什麼離譜的推理。

而且等翔太郎揭露眞相之後，就輪到我該做我的工作了。

數十分鐘後，在蜂須賀大宅的客廳裡。

「綜合以上，蜂須賀先生，您是被美色沖昏頭，爲了將公寓頂樓送給情人四葉明日香，所以才打算拆毀森山第九公園！」

翔太郎將送上的茶一口氣喝乾，威風凜凜地發表了一如我所暗示的推理。我原本還擔心事情能不能順利進行，看來算是成功了。

面對翔太郎的指控，蜂須賀和四葉兩人都一臉僵硬。

「可別想找藉口喔，雲井可是把你們的對話聽得一清二楚。」

我露出沉痛的表情頷首。好了，接下來就是我的工作了。蜂須賀一定會怒斥這是「滿口胡言」吧，而我要做就是用訴諸良心的方式來說服他。事到如今，只能相信蜂須賀還沒腐敗到骨子裡。翔太郎能不能就這樣像個名偵探一樣成功解決事情，全部都取決於我的行動了——

「帶過來吧。」

但是蜂須賀出口的話完全出乎我意料之外。

「但是那孩子還在睡覺……」

「無所謂，就帶過來吧。」

四葉遵照蜂須賀的指示，一臉爲難地離開客廳。

要把誰帶過來？我的胸中泛起一陣模糊的不安。

四葉沒過多久就回來了，當我定睛看清她懷中抱著什麼時——

「啊！」

我情不自禁地大叫出聲。

四葉懷中抱的是安大略——也就是那隻對我發出威嚇聲的白貓。

即使被抱了過來，安大略仍然沒睜開眼睛的跡象，甚至還發出安穩的鼾聲。

「這是我的愛貓安大略，如你們所見，牠一旦睡著就不太容易醒來，老是攤開四肢在地板上睡覺，就算天塌了也不爲所動。」

我知道，剛才四葉也這麼說過。該不會……

「看來你已經領會過來了啊，雲井秘書。沒錯，你聽到的『小可愛』指的就是安大略。我也上了年紀，時日不長了，所以結束最後一項工作之後，我打算把安大略送給四葉。畢竟四葉最喜歡低頭看安大略趴在地上的模樣了。」

蜂須賀用充滿威嚴的聲音說明，但一轉向熟睡中的安大略時，馬上就變了個人。

「安大略也最喜歡四葉了，對不堆～」

那正是我先前聽到的，令人無法與平時的蜂須賀聯想在一起的寵溺聲調。

原來是這麼一回事，蜂須賀是因爲在愛貓面前，才會用這種寵溺的口吻說話，我的推理根本大錯特錯。

這麼一來，眼下的情況似乎不太妙？

「那麼，漆原小子，」

蜂須賀目不轉睛地盯著翔太郎，模樣和平時見慣的蜂須賀截然不同，但也和對安大略說話時的樣子有所差異。那是由魄力與心計混合而成，只能用「霸主」一詞來表現的獨特氣場。

單純的好好先生不可能縱橫政界，一路爬上秘書長的位子，而我到現在才深深意識到這件事。

「你竟敢把我崇高的設計，當成送給情人的低俗禮物，這對我蜂須賀信造而言是莫大的恥辱。你還說四葉是我的情人？眞是笑掉我的大牙。」

與說的話完全相反，蜂須賀臉上毫無笑意。

「這筆帳就讓我好好地加倍奉還吧，今後社會和平黨會對你展開全力攻擊，你所有的醜聞也會被我一一揪出來，到時你應該會痛哭流涕地後悔當初爲何要當國會議員吧。」

事情不妙了，翔太郎才剛當上議員，可不能和這種政界大老槓上。他本來就因爲言行惹人爭議而沒什麼友軍，再這樣下去的話，翔太郎的議員生命就要走到盡頭了。

事情會演變成這樣，責任全都在我，我不該做出錯誤的推測，將翔太郎指引到錯誤的方向。現在我應該說出一切眞相，向蜂須賀磕頭謝罪，就算這樣做可能會被翔太郎開除，起碼蜂須賀說不定會原諒翔太郎——不，我不論如何都要請蜂須賀原諒翔太郎，這就是我雲井進，身爲議員秘書最後的工作。

讓你瞧瞧吧，我賭上一輩子的磕頭謝罪！

「不過一定會有人誤會蜂須賀先生您和四葉小姐之間的關係吧，就像這邊的這位雲井一樣。」

在我抬起屁股的前一刻，翔太郎悠然開口。

「你不也是誤會的人其中之一？」

「不，我只是舉出『會有人這樣誤會』的例子，我個人完全清楚蜂須賀先生您要拆掉公園的眞正原因。」

「你說什麼?」

即使在蜂須賀的怒視之下，翔太郎仍舊一副氣定神閒的樣子。

「如果您不方便說出口，就由我來代勞吧。眞相其實是這樣吧——」

5

「您並非憎恨第九公園，而是因爲愛著第九公園，才希望儘早拆毀公園。一年前，您在退休後從東京回到這裡時，驚愕地看到荒廢已久，變得落魄淒涼的第九公園。由於公園裡茂密的樹林可以作爲掩護，甚至導致公園裡頭還有變態出沒。看到自己努力蓋起的公園淪落成這個模樣，您才做出拆毀這座公園的決定。」

「請等一下，」

翔太郎突如其來的推理讓我一陣混亂，我忍不住大聲提出疑問：

「您說的有幾點都很奇怪，第九公園是個乾淨整潔，維護良好的優良公園，不可能有變態出沒。」

「公園的管理維護是最近才開始的，照哈魯的說法，直到之前爲止，公園都是無人管理、任憑荒廢的狀態。年輕人漠不關心也是理所當然，因爲第九公園根本不是什麼市民休憩的場所。幽靈出沒的傳聞大概也是行跡鬼祟的變態引起的，從沒有傳出案件來看，想來變態的行徑應該只到偷窺程度，還沒造成實際危害。」

原來如此——我差點被這個說法說服，但仍有幾處疑點沒有解決。

「就算是這樣，蜂須賀先生只要彈劾『綠色森林協會』不就好了嗎？根本不需要拆除第九公園。」

「你忘了嗎，雲井？蜂須賀先生不論何時都站在人民這邊，如果他彈劾『綠色森林協會』，那麼『綠色森林協會』的成員就會受到市民的譴責，嚴重的話可能會無法繼續待在森山市。蜂須賀先生是覺得事情如果演變成那樣，『綠色森林協會』就太可憐了。」

「就算這樣，也不用改建成高級公寓和停車場……」

「那不是一般的公寓，建築物的頂樓不是居住空間，而是預定由市政府進行管理的市民公用空間。甜甜圈狀的玻璃展望樓層，正是象徵市民的『和(註)』的設計。我說的對吧，蜂須賀先生？」

「爲什麼您會連這個都知道？」

雖然翔太郎問的對象是蜂須賀，中途卻被我的疑問打斷。

「我之前讀蜂須賀先生的著作時，書中也刊載了同樣的設計，旁邊寫著希望有朝一日，能夠建造一座建築物，作爲市民之間『和』的象徵。」

沒想到臨陣磨槍的知識會以這種方式派上用場。

「蜂須賀先生希望在自己出力建造的第九公園，重新蓋起一個能讓市民休憩的場所，並將這個計畫視爲自己最後一項工作。寄託著這個想法的設計，卻被當成送給情人的禮物，他會生氣也是理所當然的。」

「那麼蓋停車場也是出於同樣想法？」

註：日文中的「和」與「環」同音。

「嗯，那是考量到住得比較遠的市民，爲了方便他們前來而做出的設計。」

翔太郎凝視著蜂須賀，彷彿要看進他的眼底。

「從您的角度來看，您應該對『綠色森林協會』再次展開活動一事感到意外吧。說不定您還會感到不快，覺得『綠色森林協會』之前明明對公園置之不理，事到如今又來說三道四。」

「你該不會學過讀心術吧，漆原小子。」

蜂須賀的發言等於承認了翔太郎所說的話。我小心翼翼地詢問：

「那麼四葉小姐是……那個……」

「四葉小姐當然不是什麼情人。雖然只是我的推測，不過我想哈魯一年前聽到的女性慘叫，說不定就是四葉小姐的聲音。如你所見，四葉小姐是位非常美麗的女性。一年前，變態看到美麗的四葉小姐，按捺不住而試圖非禮，就在此時蜂須賀先生剛好經過。啊，哈魯是我在網路上認識的朋友──」

翔太郎向蜂須賀說明了哈魯的事情。

「原來如此，但是你爲什麼會覺得我和四葉與一年前的事情有所關連？」

「那是因爲女性的慘叫和男性的怒吼兩者加在一起，照理來說應該發生了相當嚴重的事情，但是卻沒傳出任何案件。而且四葉小姐成爲您的秘書，剛好也是一年前的事情。您大概是爲了守護第九公園的名譽，請四葉小姐對變態一事保持沉默，作爲交換條件，您提供她祕書的職位。另一方面，您爲了確保這樣的事情不會再度發生，請警察在公園拆除前巡邏周遭區域。變態因此消聲匿跡，而幽靈出沒的傳聞也逐漸消失。我說的對嗎？」

「一切就像你說的。眞是精采啊，漆原小子，沒想到你暗地裡蒐集了這麼多情報。對政治家來說，情報就是命脈，看來你挺清楚這一點。」

我還是第一次看到這麼開心的蜂須賀。

四葉深深地嘆一口氣說：

「那我應該不用再裝下去了吧，蜂須賀先生？」

「無所謂了，雖然對『綠色森林協會』過意不去，不過既然我和妳的關係會被人胡思亂想的話，也只能承認這一切了。此外我也開始在想，讓妳當我的秘書這件事似乎有點勉強了。」

「是啊，雖然我之前爲了安大略而忍耐了下來，但秘書工作實在不適合我。那麼我這就向警方說出一切，盡我的力量逮住那個打算對我非禮的色狼。」

「我也會出力相助，不過畢竟是一年前的事情了，大概會有點困難。」

「那件事的話……」

四葉欲言又止地看向這邊，但馬上又閉口不語。翔太郎見狀，一臉滿意地點了點頭，把手擱在戶部的肩膀上。

……這個男人的存在感太過稀薄，我都忘了他也在這裡。

「事情好像就是這麼一回事呢，戶部先生，色狼只要不是被當場抓到，就很難逮捕的樣子。」

「欸？」

戶部發出了和他稀薄的存在感極不相符的狂亂叫聲。

況。

「四葉小姐，意圖對妳非禮的就是這個人吧？」

「嗯，大概是……不過因爲是在昏暗的地方看到的，我沒有十足的把握……」

四葉遲疑地點了點頭，而不論是蜂須賀還是我，甚至是受到指控的戶部本人都還沒進入狀況。

「您……您在說什麼啊，漆原議員？」

「你也眞慘啊，竟然被迫參加活動，維護自己幹虧心事的公園。而且你當年意圖非禮的對象，還竟然剛好是蜂須賀先生的秘書，你會坐立難安，想儘早回去也是當然。」

「您……，您到底在說什麼……」

「不過話說回來，你腦筋動得還挺快的，想到四葉小姐可能藉機採取你的指紋，你連名片都不打算給。你好像是對四葉小姐說自己『沒有名片』不過你當初明明曾經遞名片給我，人可不能說謊啊。」

我想起來到蜂須賀大宅時，戶部對四葉說「沒有名片」的事情。然而翔太郎說的沒錯，戶部到我們事務所來的時候，他明明帶著名片，雖然接下來夏子就開始講話，導致我來不及確認戶部的名字。

「你連茶也不打算喝，是因爲萬一指紋印在茶杯上就不妙了，對吧？」

正如翔太郎所說，戶部連碰都沒碰過的茶杯，仍然全滿地擱在翔太郎一仰而盡的茶杯旁。

「戶部先生之所以如此小心，想來應該是四葉小姐手上有什麼留著犯人指紋的證物吧，我說的對嗎？」

「是一個塑膠製的提袋，犯人當時不小心碰到了我的提袋。我用了市面上的指紋採取工具，從上面採集到指紋。我將採集到的指紋和提袋一起放進袋子裡小心保管，相信這些證物總有一天能夠派上用場。」

「就是這麼一回事喔，戶部先生。」

翔太郎露出能讓所有婆婆媽媽眼冒愛心，宛如貴公子一般的優雅微笑。

「雖然不是當場抓到，但好像能夠逮捕你呢。」

戶部當場頹然地垂下頭。

就在戶部被警察催促著，準備坐上警車之前——

「親愛的！」

夏子上氣不接下氣地出現了。

「妳爲什麼費——」

「爲什麼會」的「會」之所以變成「費」，原因是夏子揮上戶部臉頰的巴掌。

「我從雲井先生那邊接到通知了，你都幹了些什麼好事啊，這個變態！」

滔滔不絕的夏子注意到蜂須賀和四葉之後，馬上用力低頭致歉：

「這次的事情眞的非常抱歉！但是還請您們原諒他。親愛的快點，你也給我低頭賠罪。」

她用力按下丈夫的後腦杓。

「我們眞心誠意感到抱歉，他本人也已經在反省了，我一定會用我的愛讓他改邪歸正的。」

「什麼妳的愛……妳把公園的事丟給我，自己爲了興趣跑去參加講座，還敢來說這些。」

「就是因爲我對你的愛，我才會把事情託付給你啊。而且講座才不只是什麼興趣，我去學園藝，是想讓第九公園的花圃變得更漂亮。今天臨時有位公園造景的大師要來，所以我才參加講座，爲什麼你就是不懂呢？」

眞沒想到夏子竟然對園藝講座投注了那麼多的愛情與熱情。

蜂須賀注視著戶部夫婦，開口說：

「關於非禮的事情，我沒什麼好說的，一方面也還有四葉的感受，一切就交給司法判決吧。不過公園的事情已經決定了，我不打算停止拆除公園的計畫。」

「怎麼這樣！我們『綠色森林協會』明明都這麼努力了。」

「妳們之前讓公園荒廢成那樣，現在再來說這種話也無濟於事。」

「關於那點我道歉，但是請您務必手下留情。」

「不好意思，但是我的心情無法就此平復，我對此也無計可施。」

「您別這麼說嘛，何不看在夏子女士她們那份熱情的份上，給她們一次機會呢？」

翔太郎用宴會上向同事勸酒般的調調，插進兩人的對話。

「人總是要等到失去才懂得珍貴，不是嗎？我聽雲井說過了，您似乎是在先父過世後，才發現對先父懷抱著好感。我也一樣，雖然和一般人一樣尊敬著自己的父親，但總是因爲忙碌而沒什麼機會對話。直到我讀過先父留下的日記，我才發現自己喜歡父親。雖然日記中寫的盡是

『星星的光輝需要名為夜晚的黑暗襯托』、『森林的茁壯需要朽木作為營養』這些抽象的東西。」

那些詩意的表現，指的應該是善壹先生為了國民，犧牲奉獻也在所不惜的決心。翔太郎當人兒子，竟然連這些也不懂。

話雖這麼說，翔太郎談著善壹先生時的眼神十分澄澈——看起來。

在我確認之前，翔太郎臉上就堆起滿面笑容，用一句「所以說呢」繼續說下去。

「雖然森山第九公園之前的確遭到長期棄置，但透過這次的事件，應該能夠提高市民對公園的關注。您可以重新向大眾提出設計理念，提倡第九公園成為今後孕育市民的『和』的場所，不知您覺得如何？一定會大受歡迎的，對吧，夏子女士？」

「是啊，那是一定的。」

夏子用抓住救命稻草似的聲音回應，蜂須賀來回看著翔太郎和夏子。

「——好吧，看來我也太過固執了。」

蜂須賀自言自語般地這麼說。

在回程的車上，我對後座的翔太郎搭話：

「四葉小姐竟然將指紋保管了一年，她也真是位充滿執念的女性啊。」

「不不，她可是一位出色的女性呢，你也該向她看齊，多多注意指紋才是。」

議員秘書應該不用注意那種東西吧？正當我打算這麼反駁——

「如此一來，你應該能夠成爲比現在更優秀的秘書吧。這次畢竟是關係到你尊敬的蜂須賀先生，你才會稍微衝過頭了，今後類似這樣的事情應該會減少吧。」

比現在更優秀——

翔太郎對待我的態度雖然看似輕率，事實上卻認可我「優秀」嗎？

「嗯？你怎麼一臉笑嘻嘻的？」

「……我才沒有笑嘻嘻的。比起這個，您是什麼時候察覺到蜂須賀先生的眞正動機？」

沒想到翔太郎馬上睜圓眼睛。

「我根本沒發現，我一直以爲四葉小姐是他的情人。」

我也跟著睜大眼睛。

「但是您不是完全說中了事情眞相嗎？」「那是我隨口說說，歪打正著矇上的。因爲蜂須賀先生一副火冒三丈的樣子，我心裡可是七上八下的。」「那關於甜甜圈狀的設計呢？」「那只是我臨時想起來，說出來賭賭看而已。」「那戶部先生的事情？」「他的眼神游移不定，我試著套他的話，結果就說中了。」「您的意思是您其實毫無任何根據，卻還能抬頭挺胸地說出那些推理？」「差不多啦。」

翔太郎看著我啞口無言的樣子，叉腰大笑了起來。

「正義必勝，就只是這麼回事啦。」

只是剛好矇對而已，跟正義才沒有任何關係。

不過眞的是這樣嗎？我試著放縱我的想像力。

如果翔太郎其實一開始就注意到森山第九公園遭到棄置不顧的狀況？

仔細一想，就會發現幾點蹊蹺之處。

在公園拍攝照片那天，由於車子導航系統的資料太過老舊而迷路的時候，即使向路人問路，也沒人知道森山第九公園的位置，結果只能去派出所詢問。如果眞是「對市民來說不可或缺的公園」那當地人不知道公園在哪裡就顯得不太自然了。

而且明明是星期天，公園的鐵格子卻沒有半個人影，垃圾桶的鐵網也白得閃閃發亮。假設翔太郎是從這兩點，推測出「小孩沒有在這個公園遊玩的習慣」、「垃圾桶是最近新設的」那麼他開始猛讀蜂須賀的著作，目的就不是「爲了臨時惡補知識」而是爲了尋找動機。和那個叫哈魯的網友碰面，原因也不是什麼「剛好拜訪一下」而是試圖探聽情報。

翔太郎收集各種所需情報，進行推理後，在蜂須賀大宅前和我會合。看過公寓設計圖，確定自己的推理是正確的。接著裝出什麼也不知道的表情，照我的暗示說出錯誤的推理。在我準備磕頭謝罪的時候，再悠然道出眞相，爲的就是贏得與蜂須賀的對決，順便把我當玩具耍——

我是否想太多了？

不過這次翔太郎一如早先宣言的，守護了「大家的寶物」。

這裡的「大家」不只是市民，也包含了蜂須賀。

此外，翔太郎還贏得那位蜂須賀本人的信賴。「我會跟社會和平黨的人說一聲，要他們多照顧你一點。」離開的時候，蜂須賀這麼說著，和翔太郎堅定地握手。

也就是說，翔太郎同時得到了市民的支持與敵對政黨的信賴。

如果這些都在翔太郎的計算之中？

假設翔太郎的腦袋能算到這一步，別說獨當一面的政治家，就連善壹先生未能成功坐上的總理大臣寶座，可能也不再是夢想——

我透過後照鏡看向翔太郎。他不知何時打起了瞌睡，表情就和在國會會議中打瞌睡時的蠢樣一模一樣。

我果然是想像力太豐富了。

我自嘲地想著，將視線轉回前方。

第二話　勛章

1

所謂政治人物，就是接受眾多請願的工作，而對這些請願做出合適的回應，則是我們議員秘書的重要任務。

請願的內容各形各色，從「希望開通的道路經過村子」這類關於公共建設業務的請求，到「想進大公司」等求職方面的斡旋都有，甚至像前些日子的「請幫忙守護公園」也不足爲奇。某位位高權重的秘書曾以「請願可說是『從搖籃到墳墓』」這個說法形容，精準貼切地傳達出請願內容的多樣性。

在五花八門的請願內容之中，又以「想要勛章」這類請求爲大宗。

「哎呀，眞是有勞您唄，雲井秘書。」

冷風呼嘯的一月中旬，在東京晴空塔附近的咖啡店中，東堂拓無視咖啡店其他客人的存在，從矮小的身體發出與體型不相符的粗邁笑聲。

語尾的「唄」是出生於Z縣玄母地區的居民特有的方言。

「我說『我不需要什麼勛章』都不知道說了幾遍了，不過周圍的人一直嘮叨『會長早該得個勛章』眞是一群雞婆的傢伙唄。」

「大家說的一點也沒錯，東堂會長竟然到現在都還沒獲頒勛章，這點才不可思議呢。」

雖然本人擺明想要得不得了，我還是順著東堂的話接下去。只是擔心東堂的大嗓門吵到別的客人，我多多少少降低了聲量。受到我的影響，東堂的聲量也跟著變小了一點。

「眞的啊？原來我沒勛章這件事這麼不可思議啊。」

我國在每年春秋兩季各會頒發一次勛章給功勛受到認可的國民——人數最多時曾到四千人以上。由於這是一項歷史悠久且嚴謹正式的傳統，所以受勛者不能有半點瑕疵。舉例來說，只要過去三年內違反過一次交通規則，就算只是違規停車之類的小罪，也會失去受勛資格。

獲頒勛章不會有任何獎金，實際上毫無實質利益，頂多是死後有個勛等，說起來就像謚號一樣。即使如此，不知是否因爲人求名的欲望會隨著年歲增長，不少人明明沒有什麼功勛，卻仍然對勛章垂涎三尺。

就像我面前笑得一臉開懷的東堂一樣。

「雖然我對勛章沒什麼興趣，所以不太清楚怎樣才算符合資格啦。不過我開設的移動圖書館確實造福不少孩子，那麼領個勛章應該也不爲過唄。」

他說的「移動圖書館」正是讓我這幾個月來大傷腦筋的罪魁禍首。

東堂拓是對Z縣擁有莫大影響力的東堂不動產的會長。他的經營手法蠻橫，曾經硬是拐人在Z縣的市中心興建大型商場，並施加壓力，讓與自己有關係的公司企業優先進駐。這間商場雖受到不少爭議，但是對促進Z縣的地方繁榮卻有不可否認的貢獻。如果提名受勛的理由是「對地方經濟的貢獻」那我就可以毫無異議地提交申請給相關單位。

但是東堂卻要求受勛的理由必須是「開設移動圖書館，帶給孩子們夢想與希望唄。」

那是距今二十年前的事情。

東堂出生的玄母地區缺乏基礎建設，公共設施也有待加強，特別是圖書館還具備「狹窄骯髒藏書少」三大負面要素。連一座像樣的圖書館也沒有，孩子們未免太可憐——東堂懷著這樣的想法，決定自掏腰包。

「我盡可能收集書本，開設移動圖書館。我在車上堆滿了書各處巡迴，結果大受孩子們歡迎唄。大概是因爲以當時來說圖書館的藏書中，少見地連漫畫都有吧。爲了孩子們著想，漫畫當然都是經過我嚴選的作品唄。」東堂的說法如上，表示自己擁有充分的獲得勛章的資格，可眞是大言不慚。

我不知道移動圖書館使用什麼車，不過照東堂的說法，移動圖書館是由東堂親自駕駛，來往玄母地區各處。雖說東堂據說從年輕時就喜歡開車到廢寢忘食的程度，不過工作之餘還有這樣的付出，的確是相當令人敬佩。

但是這間移動圖書館不到三年就閉館了。

「當時的鎭長是我的高中學長，他硬是指名我當下一屆鎭長候選人。雖然幸好沒選上，不過因爲我被選舉佔去太多時間，周圍的人表示希望我將重心放在工作上，我只好不捨地關閉圖書館。那可眞是苦澀的選擇唄。」儘管圖書館的關閉似乎情有可原，但這根本無關緊要。畢竟以這種小家子氣的功勞爲理由表示「請給我勛章」有關當局也不可能說聲「好的，請收下。」就直接奉上勛章。我曾經提議以「對地方經濟的貢獻」當提名的理由，但東堂卻露出一臉嫌惡。他似乎希望能以「自掏腰包給予孩子夢想與希望的男人」獲頒勛章，爲此甚至還帶來聲稱「東堂先生的圖書館鼓勵我長大」的地方居民。

東堂是翔太郎的有力支持者。以前支持善壹先生的公司企業之中，有幾門公司——例如世界級的超大型企業‧宮門集團，俗稱〈宮門〉——在支持對象換成翔太郎之後就抽手離開。如果東堂也跟著抽身，對翔太郎的議員生命一定會造成影響。我在無可奈何之下，只好踏遍各個相關部門反覆交涉。即使從面有難色的負責人員得到「雖然受雲井先生不少照顧，但是這件事情實在是無法通融。」之類的答覆，我仍舊努力交涉，試圖透過討價還價等各種手段來說服他們。最後終於在前幾天，搞定了東堂的受勛資格。

「我想這幾天有關單位應該就會發函通知，麻煩您到時確認了。」

「多謝啊，多虧了雲井秘書，我這下能夠毫無罣礙地遊覽東京唄。我下午會去議員會館一趟，請代我向漆原議員說一聲。我和議員也好久不見了，眞是令人期待唄。」東堂發出豪邁的笑聲，接著又以刻意的口氣補上一句，「不過世襲可眞好啊，對像我這樣自己往上爬的人來說，可眞是難以想像唄。漆原議員有善壹先生這個父親，可眞走運啊，不過善壹先生要是在兩年前的黨魁選舉勝出就更好了。」

兩年前的黨魁選舉，這句話讓我的胸口泛起一陣小小的痛楚。

「我也希望生來就是政治人物的兒子啊，這樣說不定就能打贏鎭長選舉了。不，我可從來沒想過要當個政治人物喔。眞的，落選那時我可是打從心底鬆了口氣唄。」

「這樣啊。」

我適當地附合不停爲自己開脫的東堂。

兩年前，當時的長宗我部龍也首相在上任即將滿一年的時候，面臨了極大的困境。他被發現接受多家上市公司的高額違法獻金，詳細記載金額的日記本還糊塗地外流出去，遭到在野黨嚴厲的炮轟。

執政黨方面也提出猛烈的批判，不過第一位要求首相下台的，是在長宗我部內閣擔任官房長官（註）的善壹先生，「接受違法獻金是一個問題，不過在日記記錄金額更是一個問題。這種行為表現出你毫無犯法的自覺，應該馬上辭職下台。」

數天之後，長宗我部內閣總辭。在國民的民意支持之下，善壹先生出馬競選黨魁，支持率壓倒性領先其他候選人。

但是結果揭曉後，勝出的是經濟產業大臣的高坂昭，在參選的五人之中善壹先生是最後一名。

善壹先生成為總理的話，一定會為了國民，堅定推行各種改革。所以那些想要保護既得利益的高層，為了避免發生那種情形，才事先在背地裡採取防範措施——宇治家秘書是這麼分析的。

而高層催生的高坂內閣不到一年，就於去年九月總辭職，取而代之的是現在的甘利內閣。

善壹先生突然過世，是總辭職一週前的事。

不知黃泉之下的善壹先生，是以什麼心情看待這一切？

我揮去感傷的情緒，回到議員會館。翔太郎的議員事務室是在眾議院議員會館七樓的七〇七室，室內可以分成我工作的秘書室，用來會談與接待客人的待客室，以及作為議員房間的議員室。

「歡迎回來，雲井先生。」

一打開門，秘書室中坐在電腦前，全名鶴岡小春的小春秘書朝我露出和煦的微笑。

議員秘書可大致分為由國家支付薪水的「公設秘書」，以及從議員自掏腰包支付薪水的「私設秘書」。公設秘書的數量是每位議員最多三人，以翔太郎的狀況來說，公設第一秘書是我，第二秘書就是這位小春了。

她今年二十六歲，身材嬌小苗條，眼角溫柔地下垂，文靜溫柔的外表給人一種與菁英女性完全相反的氣氛。不過和外表相反，小春擁有敏捷的心思。她原本是善壹先生的私設秘書，是我看中她優秀的能力，延請她來當翔太郎的公設秘書。

順帶一提，小春的父親雖然是在Z縣中頗有影響力的公司社長。但她不是靠父母的人脈，而是憑自己的意志與能力當上議員秘書，和叫翔太郎的某人簡直是雲泥之別。

「剛才一位女性來電說希望能與漆原先生見面，似乎是希望請漆原先生幫忙，讓她家的孩子能夠走後門入學。我婉轉告知她這是違法行為，她就慌張地掛斷電話了。」

小春就是這麼心思細膩周到，十分值得信賴。

相較之下，另外一位公設秘書就一點也不可靠。

註：內閣官房為日本首相的輔佐機關，長官為其首長，內閣中地位僅次於總理大臣（首相）。

「我回來了，一之瀨。」

即使我向他搭話，一之瀨也一如往常只是透過黑框眼鏡投來一瞥，連個簡單的點頭回禮都沒有。

……還是一樣沒禮貌。

一之瀨正男雖然是公設秘書，不過他是和我與小春在立場上有些許差異的「政策秘書」。

國會議員的工作是爲國民制定法律，而政策秘書制度就是作爲輔助成立的制度，希望藉由在議員身邊配置精通法律的人才，提高議員的立法能力（在成立這個制度之前，公設秘書只有第一秘書、第二秘書）。

要成爲政策秘書，必須通過政策專門秘書的資格考試。資格考試的合格率僅有百分之五，門檻相當高。通過考試的人會登記在冊，經過議員的面試之後才成爲政策秘書。

但是政策秘書制度有一條名爲選拔審查辦法的捷徑。擁有十年以上公設秘書經驗的人，只要接受進修，就算沒通過考試也能夠成爲政策秘書。大多數政策秘書都是透過研習進修的方式得到職位。因爲政策秘書的薪水比第一、第二秘書高，所以這項制度事實上已經成爲擁有較長工作年資的秘書的「晉升制度」。

翔太郎對此抱持異議，表示「許多人就算通過考試也無法成爲政策秘書，這樣不是很荒謬嗎？我們應該善加利用制度，採用通過考試的優秀人才，這樣才對嘛。」我也因這項制度流於形式化而深感苦惱，所以對翔太郎的想法大爲贊成，甚至在心中暗暗佩服翔太郎不愧是年輕政治家，想法柔軟富有彈性。

但是翔太郎親自面試，憑一己之見選出的政策秘書，卻是這個社會化程度低落的一之瀨。

如果一之瀨只是個性內向安靜，我也不打算加以批評。但是就算政策秘書的主要工作是起草政策，一之瀨只是整天埋首桌前，對日常業務一概不理不睬，甚至還看起司法相關的法律條文書籍，似乎把政策秘書當成「可以一邊準備司法考試還有薪水可拿的工作。」

我曾經提醒他要注意自己的這類行爲，但他完全不聽我的勸，最近還有避開我的傾向，不知道是不是在心中覺得我囉嗦，而對我敬而遠之。

我在無可奈何之下向翔太郎進言，結果去指責一之瀨的翔太郎回來後卻滿臉喜色，「我去念了一之瀨一頓，結果他說他是爲了有朝一日能協助我提出法案而作準備，還眞是可靠啊。」翔太郎最後甚至還對我說，「一之瀨就交給我吧，他是我選的人，我一定會好好指導，將他培養成能夠獨當一面的秘書。」雖然我仍舊十分不滿，不過既然翔太郎說到這個份上，我目前也只能繼續觀察一之瀨的表現。

託此之福，一之瀨摸魚的工作量都得由我補上，害我必須過著比其他第一秘書還要忙碌的日子。小春雖然說「東京組的秘書之中以雲井先生地位最高，雜務之類就由我來處理吧。」但是根本的問題是因爲我無法好好勸諫翔太郎，所以我也不能就這樣讓她收爛攤子。

順帶一提，**整個**漆原翔太郎事務所地位最高的人，是決定東京部分由三位公設秘書負責的私設秘書宇治家秘書——不過那又是另外一段故事了。

「小春，議員呢？」

「議員從早就待在房間裡，剛才還接了電話，所以應該醒著……起碼三十分鐘前還醒著。」

「也就是目前狀況不明嘍。」

我壓下一聲嘆息，敲了敲翔太郎窩著的議員室大門，門後毫無反應。

「議員，我進去嘍。」

我在沒得到回應的狀況下開門。一如我的猜想，翔太郎趴在桌上發出鼾聲，室內瀰漫著酒臭。

又是宿醉。

國會議員的一周行程大致如下，星期五回選區露臉亮相，星期二再回東京，基本上遵循「五歸二來」的規律。但是翔太郎總是找藉口留在東京，完全不肯回Z縣。他似乎非常喜歡東京，大概是因為東京和Z縣不同，都內有各種酒館。

「議員，請起來，議員！」

我搖晃翔太郎的肩膀，他才一邊口齒不清地呻吟著一邊抬起頭。

「唷，這不是雲井進嗎，你人怎麼費在這裡？」

用全名叫我是怎麼樣？

「因為這裡是我工作的地方。」「喔，原來如此，這可真令人吃驚。」「沒什麼好吃驚的，您喝太多了。」「很久沒見面的朋友從Z縣來，就不小心喝太多啦。花之慶寬喝得可猛啦，他一醉就打開話匣子，從愛車的話題開始，一路講了不少吶。」「花之慶寬嗎？好像有部漫畫的名字跟這很像呢。」「是啊，《花之慶次　雲之彼方》嘛，那可真是名作啊，值得全國圖書館收藏。」「東堂先生的圖書館如果還在，說不定也會收藏一部呢。」「修堂？那是誰來著？」「是希望獲頒勛章的不動產業者，他可是您有力的支持者喔。」「這樣一說，好像是有這麼一號人物。」

翔太郎，請你加油好嗎？讓東堂不開心的話，我們可就不妙了。

在我打算提醒翔太郎之前，翔太郎先我一步開口：

「他低勛章沒了喔。」

……

「您說什麼？」

「剛才賞勳局（註）一個叫冴木箱子的人打電話來，說咚堂拓的受勛預定取消了。我好好回答她『我知道了』喔。」

……取消？為什麼？

我一番辛勞的成果就這樣泡湯了？

註：日本內閣府的單位之一，負責勛章、褒章等榮典相關事宜。

「獲頒勛章有兩條管道。其一，市鎮村製作受勛候選人的名單，經過都道府縣的審查，提交給管轄省廳；其二，業界團體直接向管轄省廳推薦。兩者接下來同樣會經過各管轄省廳審核，通過者得到大臣的推薦，名單進一步交由內閣府賞勳局，進行最後的資格審查，決定受勛者。

2

由於東堂希望以移動圖書館爲受勛理由，管轄省廳在此情形下是文部科學省。這次申請好不容易通過了文部科學省的審查，但卻被上面的賞勳局駁回，眞是令人遺憾的事情啊。」

似乎在我失神的期間酒醒了，翔太郎發出憂愁的嘆息，闔上攤開的漫畫。

「……那本漫畫是什麼？」

「這是秋瀨誠老師的《官僚人生》，描述名字與作者相似的女性官僚・秋瀨眞琴一路打倒中飽私囊的官僚，是一部針砭時事的社會派漫畫。作品中對官僚社會的細節刻劃細膩，令人由衷佩服。不過畫風粗糙，登場人物看起來全都是三頭身這點可能算得上是瑕疵。」

這點在作品的構成上應該是致命的缺陷吧。

「比起這個，剛才來電通知的是那位冴木響子嗎？」

僅憑一通電話就取消受勛的資格，能做到這種事情的冴木響子想來也沒第二位。冴木響子年紀輕輕就嶄露頭角，是菁英官僚中的菁英。據說她雖然年僅三十歲左右，就已經得到上層的深厚信賴，將許多事情都交由她處理。

冴木響子的家鄉是東京，大學也是從東京大學畢業。她似乎以身為道地的東京人自豪，有輕視鄉下地方的傾向。此一傾向對Z縣特別明顯，她對Z縣使用的蔑稱幾乎無法訴諸於口，新聞一旦報導出來必然會導致抗議大舉湧進電視台。

「沒錯沒錯，就是那個管Z縣叫×××的冴木響子。」「請、請不要臉不紅氣不喘地說出那個不該掛在嘴邊的輕蔑稱呼。」「不過不得不說，這個稱呼還蠻貼切的。」「家鄉被人講成這樣，您也無所謂嗎？」「從土生土長的東京人眼裡來看，可能就是那樣吧，這也沒有辦法。」「您對東京人真是寬容啊，這樣的話，乾脆辭去國會議員，改朝東京都知事發展如何？如此您就可以在東京久待，您**獨特**的言行也能在都知事一職有更好的發揮也說不一定。」

我諷刺地刻意強調了「獨特」一詞。

「原來我比較適合都知事啊，好，我會好好考慮下一次都知事選舉要不要出馬競選。」

結果翔太郎將諷刺完全照字面上的意思解讀了。

不過說來奇怪，冴木響子有不少傳聞。

有人說，她積極追求職場前輩，勉強對方點頭答應結婚，還硬是要對方入贅。

有人說，她毅然挺身對抗性騷擾的上司，讓上司向所有被害人道歉。

有人說，她強悍的作風讓她被人稱呼為「賞勳局的女王」。

「賞勳局的女王」這種誇張的綽號應該只是捏造的，不過其他消息的可信度都很高。總之，冴木響子是一位予人強勢印象的女性。

即使如此，只靠一通電話就取消受勛資格這種事情，還是令人難以想像。我直接交涉的賞勳局職員已經表示「等級最低的勛等也可以的話。」勉強認可了東堂受勛的資格，結果卻這麼輕易地被翻盤。

「冴木響子在電話中，是否說過取消受勛資格的理由是什麼？」

「沒有，她單方面告知後，就直接掛我電話了。」

「那這樣只能直接當面問她了。」

爲了取得東堂的經濟支持，我可不能摸摸鼻子就乖乖退讓，只能直接去和冴木響子當面對質了。

不過我實在不該在翔太郎面前說出這個想法。

「好，我也去好了。只有你一個人的話，應該會感到不安吧。」

「不用，我一個人去就好了，這件事真的半點問題也沒有。」

「你不用客氣啦，你可是我重要的秘書，怎麼能讓你就這樣孤身闖入敵營呢。」

重要的秘書？我嗎？

既然翔太郎都這樣說了……我一瞬間被他的花言巧語迷惑了。

「而且讀過這本漫畫之後，我已經充分掌握對付官僚的方法啦。」

翔太郎手中得意地舉起的《官僚人生》，讓我陡然回過神，正好和封面上三頭身的女性角色對上視線。

……如果靠一本漫畫就能掌握對付官僚的辦法，那麼早就能實現「政治主導（註）」的政治了。

不過我還來不及阻止，翔太郎就已經踩著輕快的腳步走出議員事務室。

「兩位要出門嗎？」

「嗯，去賞勳局辦點事。事情有點麻煩，議員也要跟我一起去。」

我一邊回答，一邊感到腦袋隱隱作痛，結果小春反而露出微笑。

「議員對什麼都熱心認眞，眞是一位出色的人。」

唉，小春，雖然我很信賴妳，不過妳會不會把翔太郎想得太好了？

和財務省及國土交通省相比，內閣府的規模較小，但是立於我國行政頂端的組織就位於此處，讓這裡有著一種獨特的威嚴感。

「這件事沒得談。」

出現在接待室的冴木響子就像是那份威嚴感化身而成的女性。她的眼神特別銳利，如果個性比較弱勢的人面對冴木，不論冴木的心情是好是壞，大概都會誤以爲自己是被蛇盯上的青蛙。

「如果兩位是爲了那件事而來，那就是浪費時間白跑一趟了。」

翔太郎好歹也是國會議員，但是冴木響子在翔太郎面前毫不客氣。如果是一般官僚，起碼

註：相對於由官僚主導政策的「官僚政治」，由政治家主導政治。

也會表現一下對國會議員的尊重（雖然內心怎麼想就不得而知了）。

「東堂先生的受勛是不可能的，這項決定不會更改。」

「能否請您告知原因何在？不然我和漆原議員都無法接受。」

冴木的眼睛稍微睜大了，大概是想著「好大的膽子，竟然敢忤逆我。」不過她的臉上馬上浮現「不說明就無法自己想清楚？」的嘲弄表情。

「勛章本來就代表著極高的榮譽，所以受勛者也必須擁有確實的功績與高尚的格調。不過是二十年前經營了短短一陣子的圖書館，根本算不上是功績，而且只是堆放在破爛卡車上的舊書堆，更是看得出這個人毫無格調可言。」

「但是那個圖書館以當時而言，非常少見地擺放著漫畫。現在雖然也有類似的圖書館，不過東堂先生可說是這類圖書館的先驅者……」

「那又怎麼樣？我才不管別人怎麼說，反正我冴木響子可不認同。」

我努力地解釋，不過劈頭而來的，卻是自以爲是世上最偉大的人所特有的傲慢說法。

關於「賞勳局的女王」這個稱呼的傳聞說不定是眞的。

「這個人……是叫東堂拓吧？我也稍微瞥過他的經歷，就是個典型的暴發戶而已。反正他一定是覺得用『帶給孩子夢想與希望』這個名義受勛比較好聽吧，我光看臉就知道這個人俗不可耐。」

她雖然說得很過分，不過大致上都說中了。

「爲了這種人這麼拚命，想來是因爲選舉快到了？甘利內閣目前的支持率是民意調查史上最低吧，眞是自由國民黨創立以來最大的危機。這麼一來，不好好討好支持者可不行呢。」

完全被說中了，我想要反駁，一時之間卻想不到適合的話。

冴木觀察到我的反應，勝利般地冷哼了一聲：

「好了，已經夠了吧。兩位請回吧，我可是很忙的。」

冴木響子如此強硬的態度讓我始料未及，但也同時讓我感到有點奇怪。官僚每件事都以先例爲重，很難想像冴木這樣的菁英分子會想要首開先例，成爲「第一位用區區一通電話取消受勛資格的官僚。」她是不是有什麼不希望讓東堂得到勛章的隱情？只要知道這點，就能看到一絲勝利的曙光……

我正在腦中推論時，翔太郎的聲音插了進來。

「您駁回東堂先生的勛章，理由應該不只是功績和格調吧？」

「嗯？你想說什麼？」

「我想說的是，我已經看穿一切了。」

翔太郎呵呵地發出別有含意的笑聲，雙手盤胸。

「您無法接受的，是東堂先生的圖書館出借漫畫這件事吧？對一流菁英分子的您來說，一定覺得愛看漫畫的孩子愚不可及，所以才無法認可東堂先生的功績。當然，我明白您的心情，您一定是因爲小時候忙著讀書，根本沒有時間讀什麼漫畫，會抱持偏見也是理所當然的。」

翔太郎的推論是有其可能性，不過說這些有什麼用？

「我反對教科書使用漫畫，一邊讓孩子們讀那些瞧不起他們智商的教科書，一邊哀嘆學生程度愈來越愈差，這種行爲簡直愚蠢至極。但是漫畫本身是一種很棒的文化。您讀過《寄生獸》嗎？那部漫畫也該推廣給孩子……不，正因爲是孩子更應該讀。如果我是文部科學大臣(註)，一定會把這部漫畫列爲教科書之外的必修教材。故事是這樣的，『地球上的人類，也許會有人突然想到』——」

「議員，該打住了。」

翔太郎可能是想大談《寄生獸》，所以朝我露出了不滿的表情。

「爲什麼阻止我？像冴木小姐這樣不懂漫畫價值的菁英分子，讀《寄生獸》是最快的方法。」「《寄生獸》的確是名作，不過對不認同漫畫價值的菁英分子來說，一開始就讀《寄生獸》難度也太高了。」「你錯了，就是因爲是一開始……」

「你說誰不懂漫畫的價值？」

冴木的聲音變得像冰針一樣冰冷尖銳。

「我很喜歡漫畫，還讀得比一般人多。你說菁英分子不懂漫畫，可眞是胡說八道。你會有這樣的想法，難道不是因爲你自己瞧不起漫畫的緣故嗎？小說比較高等？不論誰都會寫文章，但是畫圖要有才能、要有天賦才畫得出來，所以漫畫家遠比小說家厲害多唄。」

吐出凌厲字句的冴木態度冰冷得嚇人。此時我確信「賞勳局的女王」的傳聞是眞的，也能夠理解其他人想這麼叫的心情。

但是我無法理解爲什麼冴木口中會出現「唄」。

冴木明明是土生土長的東京人，爲什麼語尾會有「唄」？

冴木本人似乎沒注意到，仍舊一臉波瀾不驚地喝著茶，只能想成她是不小心說溜講慣的語尾。

……我似乎懂了冴木爲什麼不想讓東堂受勛的理由。

冴木響子眞正的故鄉大概是Z縣玄母地區，之所以用××××蔑稱Z縣，是不想被人察覺自己和Z縣的關係而產生的過度反應。

剛才雖然沒特別注意，但是冴木批評東堂的圖書館是「只是堆放在破爛卡車上的舊書堆」這件事也很奇怪。畢竟連直接接受請願的我，都不知道東堂開的到底是什麼車，要說他開的車是巴士或廂型車也大有可能。

冴木和東堂之間以前一定發生過什麼不愉快的事情，所以冴木才會隱瞞自己是Z縣人的事情，裝出不認識東堂的樣子。兩人之間的芥蒂，導致東堂的受勛資格被取消……

如果這個推論正確，就足以彈劾冴木的行爲，也能夠取消撤回受勛資格的決定。

不過我的推理是以冴木的一句「唄」爲契機，而製造那個契機的，則是翔太郎發表的「菁英分子不懂漫畫」言論。

這點令我十分在意。

翔太郎是憲政史上最差勁最惡劣的脫線國會議員，這點毋庸置疑，但是「說不定翔太郎是個天才？」這個想法曾經在我的腦中浮現。

註：掌管文部科學省的國務大臣，類似台灣的教育部長。

去年十一月，以森山第九公園爲中心衍生一連串糾紛時，翔太郎展露高明的手腕，成功取得地方居民的支持與社會和平黨前議員的歡心，還順便把我當玩具耍——也說不一定。

這個想法終究只是「說不一定」，說不定單純是我想太多，太過高估翔太郎了。

不過如果他眞的頭腦聰明，只是平時裝瘋賣傻，那麼這次的事情該不會也有什麼內幕？翔太郎是否就和森山第九公園那個時候一樣，爲了要著我玩，透過「菁英分子不懂漫畫」的言論，誘使冴木說出「唄」？

我偷偷看了翔太郎一眼。

「我倒是不覺得漫畫家比小說家高等啦，才能的優劣可不應該由表現方式來決定。」

翔太郎一臉正經地開始說起毫不重要的話題。「說起來，關於創作者是否該顧慮銷量或是排行，就我個人覺得……」他無視冴木發出冷淡敷衍的「哦」作爲回應，開始講起更無關緊要的事情。

就算倒過來看，翔太郎還是一點也不像天才。

沒問題的，我並沒有被翔太郎誘導，這次我是靠自己的力量推論出眞相。

「冴木小姐，請容我說句話。」

我半途插嘴，打斷翔太郎正在發表，關於創作者的高談闊論。

「您應該是來自Z縣玄母地區吧？」

冴木的表情一瞬間僵住了。

3

「你在胡說八道些什麼？小心我告你誹謗名譽喔？」

「我說的話應該沒那麼嚴重吧。」

「對我而言，這就是算得上是誹謗的侮辱。你竟敢說我是Z縣人，簡直無禮至極。」

「但是我並非無憑無據地做出這樣的推論。」

我在敘述我的推理時，冴木臉上一直掛著僵硬的面具，不曾出聲回應。

「您覺得我說的如何？」

「我只能說眞是無聊透頂。我會說『唄』？一定是你聽錯了。」

雖然冴木口氣強硬地反駁，但是表情卻變得更爲僵硬。

「我並沒有聽錯，對吧，議員？」

「這麼一講，我的確聽到冴木小姐這麼說了。」

「議員也這麼說呢。冴木小姐，您該不會謊報出身經歷吧？」

「我並沒有謊報，我才不會對這種事情說謊，我的故鄉確實是東京。」

——我就在等這句話。

「原來如此，那麼容我換個問法，請問您的出生地是哪裡？」

「故鄉」的定義因人而異，有人以自己出生的地方爲故鄉，也有人把待過最久的地方，或母校所在的地方稱作故鄉。

但是「出生地」的定義只有一個——自己出生時所在的地方。理所當然的，這個地方在世界上只有一個。

我的意圖不言可喻，冴木深吸了一口氣。

「您不會對您的經歷說謊，對吧？那麼您說得出『我的出生地是東京』嗎？」

冴木一動也不動，只是緊緊地咬著嘴唇。在漫長的沉默之後，才終於放棄似地承認。

「就如你說的，我是在Z縣玄母地區出生的。」

「什麼！眞的嗎？」

翔太郎發出驚訝的呼聲，看來他完全不曾想過冴木是Z縣人。似乎是我想太多，多擔了不必要的擔心。

「我不知道您和東堂先生之間發生過什麼事，但是您身爲國民的公僕，理應克制個人好惡，認可東堂先生的受勛資格。」

現在也還不算遲，請您同意東堂先生的受勛資格吧——我努力讓自己聽起來不要像說教，正準備繼續講下去的時候——

「你懂什麼？」

咦？

「像你這種人，根本什麼都不懂啦！」

冴木的這句話半帶著哭腔，讓我無法聽清楚。

「那個……呃，冴木小姐？」

「別說得一副你什麼都知道的樣子唄！」

冴木雙手掩面，大聲地哭了起來。我從未遇到女性在我面前哭成這樣，更別說自己還正是她哭泣的原因。

「咦？為什麼？那個……呃，這也不是什麼值得哭的事情嘛。就算眼淚是女人的武器，在這種時候用出來，該說是太犯規，或者說不公平……」

「那種說法可是歧視女性喔，雲井，這可一點也不像那個老是讓女性哭泣的你。」

「請、請不要講這種奇怪的話。」

翔太郎無視一臉狼狽的我，向冴木遞出純白的手帕。

「來，冴木小姐，請用這個擦擦眼淚吧。」

冴木抽過翔太郎手上的手帕，馬上用力擤了鼻子，然後哭得比剛才還激烈。

「妳就盡情地哭吧。」

翔太郎溫柔地低語。

……現在是什麼情形？這樣我不成了壞人了嗎？我可是被人稱為「武士秘書」耶，竟然淪落到這種局面。

翔太郎露出爽朗的微笑，以眼神給冴木打氣。冴木像是被翔太郎的眼神鼓勵了，開始用哽咽的聲音，斷斷續續地敘述起事情經過。

二十年前，我住在玄母地區。父親是住在東京的漫畫家，雖然作品還不太暢銷，卻是我的驕傲。我甚至還經常向朋友們炫耀「我爸爸可是漫畫家喔。」

某一天，信箱投遞了一張廣告，上面寫著「移動圖書館成立，歡迎捐贈書籍。」因為上面還印著「漫畫也十分歡迎。」我就帶著爸爸的漫畫去了，畢竟我希望能讓更多人看到爸爸的漫畫。

但是圖書館的大叔一看到我帶去的漫畫，馬上就哈哈大笑了起來。

「這漫畫是啥啊？」

雖然當時年紀還小，不過我馬上回了「這是爸爸畫的漫畫。」盤算只要大叔知道我是作者的女兒，應該也不好意思再說什麼難聽的話。

但是大叔反而笑得更大聲，並且說：

「這種東西可不能放在我的圖書館裡啊。是說爸爸畫的漫畫竟然是這副德性，小姑娘妳也真可憐唄。」

我在朋友面前被這麼說，腦中瞬間一片空白。

在那之後，我的日子變得苦不堪言。惡劣的同學們也仿效著說出「爸爸畫的漫畫竟然是這副德性，小姑娘妳也真可憐唄。」毫不留情地嘲笑我。我變得討厭去學校，最後隨便用個理由休學了。

沒過多久，聽到父親說「因為現在生活比較穩定了，我們一起在東京生活吧。」我馬上就答應，還和父親一起說服了心不甘情不願的母親。

我就這樣拋棄了Z縣，決定成爲東京人。

「不用說也知道，那個大叔就是東堂。我只要聽到玄母腔，就會回想起當時的噩夢……但是漫畫被人輕視的時候，我竟然又脫口說出『唄』……我明明已經捨棄了玄母人這個身分了啊……」

冴木抑制不住情感，再次流下眼淚。

我確實覺得當時年幼的冴木很可憐，也覺得東堂對孩子造成深刻的傷害，說了不可饒恕的話。但是就結論而言，冴木的行爲依舊是公報私仇，而且事情已經過了二十年，冴木也不應該再繼續糾結這件事。

我小心翼翼地在腦中選詞揀字，避免進一步刺激冴木。不過就在我開口前，冴木猛然抬起頭說：

「我喜歡玄母，但是卻被逼得不得不離開玄母。我才不管別人說我公報私仇還什麼的，我就是無法原諒東堂，所以我才不能認可他的受勛資格！」

這番說詞毫無道理，但是我被她的氣勢壓住而無言以對。一片沉默之中，翔太郎突然冒出一句話。

「冴木小姐的父親該不會就是秋瀨誠？」

這傢伙突然說些什麼？

「本名是『冴木』，所以才取『秋瀨』這個名字吧？『AKISE（秋瀨）』是『SAEKI（冴木）』的變位字，而且《官僚人生》的女官員・秋瀨眞琴，應該就是以冴木小姐爲原型吧？如果是有冴木小姐從旁協助，那就怪不得作品中對官僚社會的細節能夠刻劃得這麼細膩。」

冴木響子可是已經結婚了喔，已經改換夫姓，所以父親並不是姓「冴木」……不對，冴木不但向對方逼婚，還讓結婚對象入贅跟她姓了。如果是取材自女兒，那麼秋瀨誠對官僚社會的描寫能夠入木三分，也就不足爲奇了。此外冴木的父親是畫技拙劣的漫畫家，而《官僚人生》明明是社會派漫畫，登場人物看起來卻都是三頭身……這麼一想，翔太郎的猜測說不定是對的？

冴木吸著鼻子，過了好一會才回答。

「是的，家父本名叫冴木誠。《官僚人生》這部漫畫，我的確略盡了棉薄之力。」

「原來如此，那部傑作是這樣誕生的啊。」

「承蒙誇獎，家父聽到也會很開心的。」

冴木似乎稍微平靜下來，聽到翔太郎的話，露出了驕傲的表情。剛才翔太郎說出「菁英分子不懂漫畫價值」時，冴木的聲音瞬間化爲冰霜的原因一清二楚。

她深愛父親，也深愛父親的漫畫。

即使如此，仍舊不改冴木公報私仇的事實。我必須想辦法，讓她認可東堂的受勛資格才行。

對吧，議員？我向翔太郎拋去尋求贊同的眼神，翔太郎沉思著點了點頭。

「秋瀨誠是我最喜歡的漫畫家之一，而東堂竟然敢出言貶損，簡直不可原諒。」

這傢伙在說什麼？

我心中湧起非常不好的預感，現在可不是顧慮行爲得體與否的時候，我得趕快堵住翔太郎的嘴巴才行。

「我這就請東堂放棄受勛這件事。」

翔太郎的嘴動得比我的手還快，似乎還沒聽懂的冴木像孩子一樣，露出一臉毫無防備的表情。

「那種圖書館根本配不上勛章，我會說服東堂，請他放棄，死了這條心。」

「眞……眞的嗎？」

「就交給我吧，我會好好責備東堂一頓的。」

「謝謝，眞的很謝謝你，議員！」

冴木握緊翔太郎的手，我看著這一切，覺得眼前景色似乎在搖晃。

過了好一會兒，我才發現自己頭昏了。

一回到議員事務室，翔太郎馬上湊向小春的耳邊講起悄悄話。小春雖然露出吃驚的表情，最後還是點了點頭。我不知道翔太郎說了什麼，不過從小春羞紅了臉這點來看，應該是性騷擾之類的話吧。平常的話，我應該立刻嚴詞勸諫翔太郎的這種行爲，不過當前沒時間這麼做。

「拜託您，請您施力讓東堂先生能夠得到勛章。」「但是我已經和冴木小姐約好了耶。」

「我們和東堂先生的約定在前。」「雲井，別拘泥這種小事嘛。」「這不是什麼小事，東堂先生是非常重要的支持者，而且冴木小姐根本只是公報私仇嘛。」「但是啊，光靠二十年前只辦過一陣子的圖書館，就想拿到勛章，這未免也想得太美了。」「這種事情我也知道。」「知道卻還接受請願嗎？這可不行啊，雲井。不行的事情就要好好說不行啊。」「但是也有因爲圖書館而感到快樂的人，拜託您，請您施力讓東堂先生能夠得到勛章。」「但是我已經和冴木小姐約好了耶。」「我們和東堂先生的約定……」

進了議員室的接下來數小時內，我和翔太郎一再重複同樣的對話。就在我們持續你來我往的時候，內線電話響起，翔太郎接起話筒。

「喂……嗯，我知道了，請他進來吧。」

「是哪位要來嗎？」

「是東堂，他說他遊覽完東京回來了。」

——我都忘了。

怎麼辦怎麼辦怎麼辦，不管我怎麼絞盡腦汁，腦中浮現的也只有怎麼辦三個字。

「漆原議員，好久不見唄。」

把我拉回現實的是直接在面前響起的東堂的大嗓門。不知何時，我和翔太郎一起坐在待客室，對面坐著東堂。

「這次爲了我的事情，讓雲井秘書諸多費心的樣子啊。雖然我本人是對勛章不感興趣，但是部下們老是囉囉嗦嗦的。」

東堂張開大嘴，發出豪邁的笑聲。

「東堂先生，關、關於那件事。」

「東堂先生，請問你知道這是什麼嗎？」

我試著打混過去，但是坐在我身旁的翔太郎一派悠哉地遞出一本書。

那本書是秋瀨誠的《官僚人生》。東堂接過那本漫畫，詫異地看著手上的書。

「不知道，我沒看過……不過，是說這本漫畫，」

東堂啪搭啪搭地翻動書頁。

「圖畫得還眞是差勁啊，有這種漫畫家當父母的小孩也眞是可憐唄。」

東堂帶著嘲笑語氣吐出這句話，聽了他的回答，翔太郎笑著點頭。

「東堂先生，你果然不配擁有勛章。」

「什麼？」

「你、不配、擁有勛章。」

翔太郎一字一句地重複了一遍剛才說的話。

「你剛才的話讓我確定，你不論是以前還是現在，都不曾理解孩子們的心情。但是你現在卻要用『帶給孩子們夢想與希望』爲理由受勛，恕我無法照辦。」

「這是怎麼一回事唄？」

東堂還沒說完，小春就開門進來，手上還拿著無線電話。

「小春，怎麼樣？就跟我說的一樣，對吧？」

「是的，議員。」

小春在一頭霧水的我和東堂面前，將電話交給翔太郎。

「您好您好，我是漆原翔太郎……是的，沒錯。他現在就在我的面前，那麼我把電話切成擴音模式，請您盡情說出您想說的話。」

翔太郎按下按鈕之後，從話筒響起了女性帶著濃濃玄母腔的聲音。

『東堂先生，你竟然想用移動圖書館受勛，可眞是厚臉皮唄。』

「妳、妳是誰啊？」

『我是二十年前經常去你的移動圖書館的前文學少女唄。大家是那麼期待，你卻草草關閉了圖書館。你明明說什麼只要看到孩子們喜悅的表情就感到幸福，只要自己有錢就會持續下去，成天把這些噁心的台詞掛在嘴邊，最後竟然背叛了我們的期待唄！』

光聽著傳來的聲音，我的眼前就能浮現這位前文學少女狂怒的表情。

「這到底是怎麼一回事？」

我小聲地問翔太郎。

「我拜託了小春，請她尋找知道東堂圖書館的人，畢竟小春的爸爸在Z縣人面挺廣的。」

「原來剛才的悄悄話就是說這件事，但是『就跟我說的一樣』又是指什麼事？」

「你看著就知道了。」

「我才沒有背叛唄！」

東堂對著話筒的另一頭青筋暴露。

「我是爲了專心在工作上，才哭著關掉圖書館的，我其實也想繼續做下去唄。」

『少扯謊了，你要是眞的這麼想，只要請別人接手就好啦。』

「那是……但、但是也有人受惠於我的圖書館唄。」

『不是受惠你的圖書館，而是受惠你的錢吧？反正一定是你付錢請人這麼講唄。』

不知前文學少女是否感受到東堂退縮的氣息，她變得更有氣勢。

『你其實是想當政治家吧？為了爭取選票，你才辦了圖書館，但是因為缺乏人望，還是輸了鎮長選舉。政治家這條路沒得走了，你就假藉工作的名義結束了毫無用處的圖書館，把我們這些期待的孩子們的心情棄如敝屣，大家都生氣得不得了唄。』

「妳說的事情根本就……」

東堂說到這就接不下去，看起來就像他已經承認了前文學少女所說的一切。

原來圖書館關閉的理由是這麼一回事啊。雖然我之前就已經從「被硬是推出來選鎮長」這種明顯至極的謊話，以及針對身為政二代的翔太郎表露出來的挖苦，察覺東堂對從政的渴望。

『你在男生面前嘲弄我的朋友，讓她從此變成被欺負的對象，你知道這對她造成多大的傷害唄？她現在一定變成了痛恨Z縣的大人唄。漆原議員，請你絕對不要頒發勛章給這傢伙。』

「沒問題，一言為定。」

翔太郎輕快地回覆，然後掛斷前文學少女的電話。

「就是這麼一回事，東堂先生，孩子不是為了被我們大人利用而存在的，而是為了讓我們呵護而生的。孩子度過怎樣的童年，最後成為怎樣的大人，我們要負起所有的責任。感嘆『最近的小孩真不行啊』的大人，就等於感嘆自己的愚蠢，而你連這一點都毫無自覺，可以說是蠢上加蠢吧。」

翔太郎的言論是正確的。

但絕對不是現在這個時候該說的話。

「但是議員，那都已經是二十年前的事情了，東堂先生在那之後也已經有所改……」

「一點都沒變喔，他剛才看到《官僚人生》，不是還說了和二十年前差不多的話嗎？」

「漆原議員的想法，我已經很～清楚了唄。」

東堂的臉上雖然露出微笑，但是眼裡完全沒有笑意。

「居然讓我出這麼一個大洋相，還眞是好膽量啊。今後我就退出你的後援會，改支持社會和平黨好唄。你可別以爲你能悠悠哉哉地做滿任期喔。」

糟了……！

冷靜下來，雲井進，你可是世界上調停能力最高的秘書。

「受勛的理由改成『對地方經濟的貢獻』如何呢？東堂先生對Z縣經濟的貢獻是大家有目共睹的。就算趕不上這次申請，也還有下一次，下次向經濟產業省進行申請的話，一定能夠得到勛章。」

我在自我暗示的鼓舞下，提出了善後的解決方案，但是東堂左右搖頭。

「不，雲井秘書，不是那個問題，而是我無法原諒漆原議員唄。」

「這樣啊，那可眞是遺憾。」

翔太郎這句聽起來一點也不遺憾的回覆，成爲最後一根稻草。

「請等一下，雖然議員這麼說，但是我一定會安排讓東堂先生受勛……」

東堂不等我說完，暴躁地起身，用力甩上門。

別說惹東堂不高興，翔太郎這下完全和東堂爲敵了。

結束了——照這個樣子，翔太郎的議員命運就會確實終結在此……

「該怎麼辦，議員？」

「說得也是，再打一次電話給前文學少女好了。」

「爲什麼要再打電話給她？」

翔太郎慢慢站起身，背對著我看向窗外。

「照剛剛聽到的故事，前文學少女的好友在男生面前被東堂嘲笑，演變成欺負霸凌的導火線。她說的難道不是冴木小姐的事情嗎？畢竟冴木小姐碰巧也是討厭Z縣的大人，假如成功促成她們朋友相見，說不定能就此抹去她心中的創傷。不過突然見面的話，刺激可能會太大，所以先請前文學少女寫信給冴木小姐好了。如果冴木小姐喜歡她這位以前的朋友，冴木小姐應該能夠感受到信中字句之外的情感，畢竟人就是這樣的生物。」

「現在不是做那些事情的時候吧！」

我打從出生以來，第一次聽到理智斷線的聲音。

4

三天過去了。

東堂在結束和翔太郎的會面後回到Z縣，一如他所預告地退出了後援會，還表明了自己今後將會支持社會和平黨，甚至開始逢人就講「媒體報導不實，實際的翔太郎根本是超乎報導內容以上的蠢蛋。」到處抹黑翔太郎。他到處散播的故事內容之中，一概不提不利自己的冴木響子及前文學少女。不過即使如此也沒造成故事上的矛盾，就某方面來說，也算是一種才能了。

……現在根本不是佩服這些事情的時候。我拚命撲滅謠言，但是火勢延燒得比我想像得還快，讓我完全窮於應付。我爲了平息東堂的怒火，試著打電話表示「我會進行交涉，確保受勛資格。」但是電話甚至不曾轉接到東堂手上。

《連後援會也嫌棄的漆原翔太郎議員》

《漆原議員蠢得超乎本誌想像》

《漆原翔太郎被支持者唾棄的內幕》

有鑑於翔太郎平日就以問題政治人物而「備受歡迎」，八卦雜誌刊出這樣的標題應該也爲時不遠了。

今天我從東京的公寓打電話，向宇治家秘書報告了這一連串經過。聽完事情經過的宇治家秘書，表示他會去說服東堂。

從電話中聽起來宇治家秘書似乎沒有生氣，但是實際上又是如何呢？我的腦海中生動地浮現宇治家秘書撫弄著日本生鐵壺上的水珠狀浮雕，眼中射出銳利光芒的模樣，疲勞和汗水瞬間從身體深處湧出。我搖搖晃晃地飄近床鋪，手機鈴聲卻在此時響起。

來電者是東堂。

我再次開始冒汗，只是這不同於面對宇治家秘書時流的汗。爲了不被對方看出自己的動搖，我深吸一口氣後接起電話。

「喂？」

『勛章現在情形如何？』

東堂跳過寒暄，直接切入主題。

「請您安心，勛章還在保留階段，目前正在和賞勳局重新交涉。給我一點時間的話，我一定能……」

『算了，我放棄勛章。』

這句話完全出乎我意料之外，東堂之前明明那麼想要勛章，怎麼會突然改變主意？

『你明天就會知道了。我沒做錯任何事，只是爲朋友著想而已，錯的是不知變通的法律。』

「請問一下，您是指什麼事？」

『你明天就會知道了啦！』

從電話另一端突然傳來的努吼聲，讓我反射性地將手機從耳朵拿開。

「喂？喂喂？東堂先生？」

當我再次將手機湊近耳朵的時候，電話中只剩下結束通話的機械音持續響起。

東堂違反交通規則，並脅迫警員吃案一事被報導出來，是在隔天的Z報早報。

「根據Z報的報導，事情的前後經過是這樣的，上個月，東堂開車到朋友的公寓去接朋友。由於這名朋友行動不便，所以東堂在明知自己違規停車的情況下，將車子長時間停在方便朋友上下車的地方。巡邏路過的警員加以取締，卻被東堂回以『你知道我是誰嗎？』等威脅，隨後載著朋友揚長而去。

這名警員畏懼東堂，打算睜一隻眼閉一隻眼，卻被全程目擊的路人舉報。調查工作雖然並不順利，不過該名警員最終承認事實，導致整件事情曝光。東堂雖然情有可原，但如此一來，勛章不管怎麼想都是不可能的。」

不論怎麼說，受勛者只要過去三年之中曾經違反交通規則，就算只是違規停車，也會失去受勛資格，吃案之類的更是不用說。

「枉費雲井先生這麼努力，真是太遺憾了——不過先不管這件事，」

小春觀察我的臉色，小心翼翼地詢問：

「您在寫什麼呢？」

「我在寫辭呈。」

「辭呈？為什麼？」

「我想自己也差不多該辭職了，畢竟議員他──」

我覺得滿嘴苦澀，但還是不得不承認。

「畢竟他打從一開始，就知道事情會變成這樣了。」

讓我這麼想的契機是今早翔太郎的反應。他得知東堂違反交通規則之後，只是若無其事地丟下一句「果然正義必勝。」為什麼翔太郎毫不驚訝？只是單純的倫理觀讓他覺得「正義必勝」嗎？還是……

我的腦中隨即閃過一個念頭，儘管我覺得不太可能，但還是打電話給Z縣縣警確認，結果正如我的猜測。

Z縣縣警之中，有一位姓花野的刑警。

而且花野刑警是翔太郎的朋友，聽說前幾天才來東京和翔太郎碰面。我在知道這件事的瞬間，理解自己從頭到尾都被翔太郎玩弄在掌心之中。

和冴木見面之前，宿醉的翔太郎曾經說過他和Z縣來的朋友「花之慶寛」一起喝酒。我聯想到《花之慶次　雲之彼方》這部作品，還漫不經心地回答「好像有部漫畫的名字跟這很像呢。」現在回想起來，翔太郎那時說的就是花野刑警的事情。

此外翔太郎還說過「他一醉就打開話匣子，從愛車的話題開始，一路講了不少。」喝醉的花野刑警一定還講了不少關於「正在調查東堂的交通違規」的事情。

沒錯，翔太郎從一開始就知道東堂的受勛資格會被取消，所以接到冴木的電話才會如此泰然自若。

但是他卻完全不告訴我，還裝出一臉毫不知情的樣子跟我去賞勳局。他一察覺冴木想要取消東堂受勛資格的理由，就設計刺激冴木，使她脫口說出「唄」，好讓注意到玄母腔的我用推論逼哭冴木，翔太郎接下來才能利用冴木道出的過去與東堂對質並激怒他。

這一切行爲都是爲了玩弄被稱爲「武士秘書」的我，好看著我慌亂的樣子取樂。

我用竭盡所能的自制語調，向小春解釋這一切事情。

「雖然議員說他『因爲醉了，所以不記得和花野刑警講過什麼事情。』但是他一定是在說謊。議員根本是在玩弄我，而且還樂此不疲。除了他個性惡劣之外，我找不到其他解釋。」

「沒那麼誇張吧。」

「話可不能說得那麼肯定。」

因爲算進公園的事情，這已經是第二次了。

「而且漆原議員看來也不會成爲像善壹先生那樣的人。」

「漆原議員也是有和善壹先生不同的優點嘛。」

「話是這麼說沒錯。」

不過啊，小春，我想說的並不是這個意思。

父親在我懂事之前就病死了，所以我所知道的父親僅限於照片上的男人，一直以來都是母親一個女人把我拉拔長大。我們沒有可靠的親戚，只能過著清貧的生活。不過母親爲了不讓我有任何悲慘的回憶，而努力地工作，所以我從來不曾覺得自己不幸。

但是像母親這樣的人，應該過上更幸福的生活，我的心中一直抱持著這樣的想法。而能夠實現我所想的理想社會，就只有政治人物這個職業了。

政治人物當然都口口聲聲說自己是「爲國民著想」，但是那不過是掛在嘴上的口號。然而我自己也不是當政治人物的料，所以就算我想要改變世界，結果還是束手無策。十九歲的我心中抱著這種乖僻的看法，在某一個日子，遇見了正在街頭進行演說的善壹先生。

善壹先生的演說算不上妙語如珠，眞要說的話更接近樸實無華，絕對不是廣受大眾歡迎的類型。但是他語中「爲了國民的幸福，我粉身碎骨也再所不辭。」的熱忱與決心，卻讓演說的每一字每一句都敲進我的心坎。

等我回過神時，我已經淚流滿面地站在善壹先生的事務所門前，胸中充滿著一股衝動，如果成爲這個人的秘書，即使是我也能夠爲打造讓國民幸福的社會而盡一份心力。

翔太郎現在雖然還年輕，但是總有一天也會像善壹先生一樣，感受到使命感的號召，屆時我們就能一起以「爲了國民的幸福」爲目標奮鬥。

我抱持著這樣的想法在翔太郎麾下工作，但現在似乎已經到達極限了。

我靠向椅背，深深地吸進一口氣。

「總而言之呢，小春，我從今日辭去秘書的工作，今後就麻煩妳和一之瀨想辦法了。如果有什麼困難，可以找宇治家先生商量。」

我朝議員室門口看了一眼，門後的翔太郎和一之瀨現在正在接受總務省官員的政策課程。

儘管不少人批評現今政治是「官僚主導」，但是最了解政策的還是官僚，直接向他們討教學習本身並不是件壞事。

特意安排了這種上課時間，代表翔太郎說不定其實是個認眞的人——如果是昨晚前的我，大概會給予翔太郎這樣的評價吧。

「從我毛遂自薦請善壹先生收我當秘書後，已經過了十年。這十年的每一天，我都過得非常充實。但是對於笨蛋兒子的所作所爲，我實在忍無可忍了。」

「漆原議員才不是笨蛋，他是個天才。」

小春，妳在胡言亂語什麼？

小春彷彿聽見我心中的問題，接著說了下去。

「雲井先生，請你不要被世間的評價影響，相信你自己親眼所見的漆原議員。」

「就是因爲我親眼所見，我才確信翔太郎就是個笨蛋。」

「請你仔細想想，若照雲井先生說的，是議員誘使朋友說出情報，得知東堂正在被警方調查。但是對方再怎麼說都是現職刑警，就算爛醉如泥，應該也不會輕易向別人洩漏調查情報。更別說對象還是政治家，如果被社會知道了，一定會被說是『與政治家勾結』引起喧然大波。」

「妳說的是有幾分道理。」

「對吧？這麼一來，只能想成議員察覺到東堂正遭到警方調查，於是高明地套出調查情報，套話的技術還巧妙謹愼到花野刑警絲毫不曾察覺。

此外，議員在事情牽扯上冴木小姐之後，決定利用手中的情報。他親自斥責東堂，駁回受助的請願，如此一來就能賣冴木小姐人情。只要等到東堂違反交通規則的事情曝光，東堂就不得不放棄勛章，對議員的批評聲也會自然而然平息，整件事有利無害。」

確實如小春所說的，對於斥退東堂，並讓她和前文學少女再會的翔太郎，冴木表示出仰慕的態度，據說還向其他人極力宣傳「漆原議員正是肩負著這個國家未來的政治家」賞勳局屬於我國行政頂端的內閣府，拉攏身居此處的菁英官僚，對翔太郎的政治活動將會是一大助力。

「但是那不過是場賭博，當時對東堂的調查行動似乎很不順利，根本不確定是否能夠成功舉發東堂。如果不能成功舉發東堂的交通違規，那麼議員就會失去選區的支持。而且所謂的支持者才不管誰對誰錯，只要見到紛爭就會大皺眉頭。此外在東堂到處說壞話的影響之下，倒向不支持議員的人也不少。這些流失的支持者未來究竟會不會回來，仍舊是個未知數。」

「議員大概是判斷就算會失去選區的支持，拉攏官僚作為盟友還是比較有利吧。」

「就賭注而言，風險似乎稍嫌太大了。」

我這麼說著，察覺到了一件事。

小春的眼神溼潤，臉頰通紅，看起來並不像正在談論自己上司的部下。即使是不熟悉戀愛情感的我，也察覺出原因。

「小春，你該不會對議員……」

「您、您、您在說什麼啊？」

小春不只轉開視線，整張臉都轉向一邊，臉頰上的紅暈瞬間蔓延到耳朵。

「我只是作為一介下屬，表達自己對上司的看法而已。您怎麼會突然說我愛著議員，為了他赴湯蹈火在所不辭呢，雲井先生？」

「不，我可沒說到那種程度。」

小春在翔太郎附耳說話時，臉頰會羞紅一片原來是因爲這個原因啊。

小春自暴自棄似地將滿布紅暈的臉轉向我。

「總而言之！議員一定是覺得風險不大，考慮過各項因素後才這麼做的天才，這點不會錯。」

我不管怎麼想，都覺得是因爲小春太喜歡翔太郎，導致她情人眼裡出西施。儘管如此，她說的還是有幾分道理。

翔太郎其實是個天才，原來是這麼一回事……

「不，等一下，」

在我差點被這個想法蠱惑之前，我注意到一件事情。

「如果議員像妳說的一樣，那他爲什麼要玩弄我？」

「咦？」

「如果議員這麼老謀深算，那他應該很清楚失去第一秘書的忠誠沒半點好處吧？但是他卻做出引起我的敵意之類的舉動，爲什麼？」

「那是……因爲玩弄雲井先生很有趣……因爲雲井先生個性太過嚴謹……」

「如果他是天才，應該懂得有些東西比有趣重要吧。」

「也許這是只有天才懂的深謀遠慮……」

「具體來說？」

「呃……」

看著閉嘴不語的小春，我慢慢恢復冷靜。如果翔太郎的確將我玩弄於股掌之間，代表翔太郎是個神機妙算的天才；但是他眞的是天才的話，就不會把我當玩具耍。

「『如果翔太郎不是天才，就無法從花野刑警口中套出調查情報。』如果以這爲前提，就代表不是天才的議員並不知道東堂交通違規的事情。他只是隨意行動，然後剛好瞎貓碰到死老鼠，並湊巧把我耍得團團轉，其實根本就是個笨蛋——難道不是這樣嗎？」

小春低下頭的同時，議員室的大門也被大力推開，總務省的官僚從中迅速地大步走出。

「漆原議員可眞是一位愉快的人啊。」

情緒似乎很激動的官僚飛快地丟下這句，不等人回覆就迅速離開。雖然他說的話前後脈絡不明，不過他絕對正一肚子火。

說起來善壹先生也常惹官僚生氣呢。

——我對議員打算解散高官退休後空降就職的機構一事毫無意見，但是那些機構解散後，留下來的土地房屋的招標事務應該是我們官僚的工作。

——不，那是我的工作，我可不能交給你們。

——別開玩笑了……！

在善壹先生過世的一個月前，我隱約聽到議員室內傳來這樣的對話，對象不可思議地剛好是方才拂袖離去的官僚。

善壹先生毫不留情地揭發將地方當成剝削對象，只為提供職位給退休高官的機構，解散好幾處閒置的設施。即使引起眾多不滿，善壹先生也為了國民，貫徹自己認為正確的道路。

突然間，我產生了現在善壹先生就在議員室內的錯覺，忍不住凝視著議員室大開的門口，結果從門口慢慢踱出的是一之瀨。

「剛剛是怎麼回事？」

「……議員自己要求上課，卻在上課中打起瞌睡。」

一之瀨用陰暗的聲音小聲回答之後，坐回自己的位子，就像是縮回自己的殼中似地轉向自己的筆記型電腦。

「議、議員一定是因為東堂一事而累了啦。他對雲井先生……對了，他信賴著雲井先生，所以才不小心放鬆下來……」

「妳不用這麼拚命幫他找藉口，我不會辭職了。」

「真的嗎？」

小春臉上綻出笑容，但又露出一臉不可思議的表情。

「但是雲井先生為什麼會突然改變心意？」

「因為就這樣把議員塞給妳們兩個人，也太過分了。」

我說出並非真心的答案，走進議員室。

翔太郎和前幾天一樣趴在桌子上，即使剛才的官僚發出了那麼大的聲音，他也沒半點被吵醒的跡象。

一之瀨啊，這不叫打瞌睡，這根本叫睡死了。

即使如此，我也沒因爲眼前的景象湧起遞辭呈的打算。翔太郎究竟是料事如神的天才，還是歪打正著的笨蛋，我還是無法判斷。只是這次的事情，讓我確定一件事。

那就是翔太郎挺身而出，指責東堂「孩子們爲了讓我們呵護而生的。」

如果翔太郎是天才，那麼他即使明白挑起東堂怒火的後果，仍舊選擇觸怒東堂；如果翔太郎是笨蛋，那麼他只是單純無法原諒東堂的行爲，即使他不知道惹惱東堂會帶來什麼後果。

不論是哪一種情形，都讓我在翔太郎身上隱約看到善壹先生的影子──儘管那道影子非常薄弱。這個男人可是請人來上課，自己卻在課堂上大睡特睡，當然不能與人品高尚的善壹先生相提並論。

但是善壹先生偉大基因的一部分，說不定確實流傳在翔太郎身上。

「就讓我再觀察一陣子吧。」

我輕聲低語，將辭呈收進口袋。

第三話　選舉

1

那一天的Z縣炎熱難耐，八月的太陽強烈主張自己的存在，直到沉入地平線之前，都還持續放射出炙熱的陽光，讓在一天之內繞完選區的我，身心都精疲力竭。

戰爭——選戰才剛開始，從明天起大概就會進入一連串熬夜的夜晚，所以今天還是先休息一下吧。我打著這樣的主意，將剩下的工作交給其他工作人員，先行下班回家。

伴隨著背景的蟬聲，我走上自家公寓的樓梯。

議員秘書的離婚率恐怕比其他職業來得高。不但要陪議員一同出席夜晚的應酬，有時還因爲出差而不在家。議員秘書對議員愈是忠心耿耿，與家人在一起的時間就會愈少，等到回過神時已經夫婦失和，某一天回到家時就會發現妻子已經離開……聽說的確有秘書發生這樣的遭遇。

因此由於這些原因，我現在仍不想結婚。畢竟我並沒厲害到能夠同時兼顧家庭與工作，在輔佐翔太郎成爲獨當一面的政治家之前，我自認還不能夠結婚。

但是我的母親似乎對此抱持不同意見。

「善壹先生就算了，但是翔太郎議員可是大笨蛋。你與其爲那種人做牛做馬，倒不如回老家吧，我會幫你找個有錢人家的小姐。一直單身下去，也會很寂寞吧？」

即使母親這樣講，我至今從未想過一個人很寂寞。我當然像一般人一樣，會對女性感到怦然心動，但是目前在我心中，「爲國民服務」的使命感占了更大的位置。而且沒人在家等著我的話，我才能夠心無旁騖地埋首工作之中……

話是這麼說，一打開家門，迎接我的卻是滿室通明，甚至還能聽見全力運轉的空調聲響。

「你回來啦——」

從客廳傳來曾經聽過的嗓音，我一邊想著不會吧，急忙奔進客廳。

「你喜歡吃壽司，對吧？你的份等一會兒就會到了。啊，我已經先開動了。」

宇治家秘書龐大的身體盤踞在我的客廳之中，眼前明顯是兩人份的壽司盤中，只剩下一半左右。

「我應該鎖門了，您是怎麼進來的？」

「我向管理員借了鑰匙，因爲我年紀大了，這個天氣實在吃不消，想找個地方涼快。」

「這可是再清楚不過的犯罪，算得上侵入民宅了。」

「憑我們之間的交情，別那麼見外嘛，而且管理員可是非常樂意地將鑰匙借給我。」

「那只是管理員不敢違逆宇治家先生而已。」

宇治家實篤，他是從善壹先生第一次當選時就跟在身邊的秘書，是我可敬的前輩。

他生就一副高大寬闊的塊頭，本人總是一臉正經地說「爲了成爲守護善壹先生的高牆，才擁有這副龐大的身軀。」此外還有令人望之生畏的長相，如果閉嘴不說話，看起來就像某種藝人必須避免有所牽扯，以免被迫退出演藝圈的職業。本人似乎也有所自覺，總是努力表現出友好的態度和親切的說話方式。

「總之你先坐下吧，這家的壽司很好吃，我用性命擔保，如果不好吃我願意受死。」

儘管如此，這種讓人只能擠出禮貌性微笑的冷笑話還是省了吧。

「東京那邊目前暫時先由以你為首的三位公設秘書處理吧，只要有自信，不要抱著必輸的想法，你們一定能夠有所成長。」「我也會試著說服東堂，就算要親自拜訪多趟。」等等諸如此類令人傻眼的諧音笑話，要一一舉例的話根本說不完。

但是因此掉以輕心的話，可就會吃大虧。

由於規範較鬆，被稱為「大老」的重量級秘書比起公設秘書，更偏好私設秘書的職位。宇治家秘書身為漆原翔太郎事務所實質上的首席秘書，也選擇以私設秘書的身分在Z縣待機。他身為翔太郎的代理人團結支持者，還掌握著事務所的人事權，就連提拔我當公設第一秘書好累積經驗，也是出自宇治家秘書的決定。

善壹先生在世的時候，宇治家秘書曾經與總理官邸合作，調查大臣候選人私底下是否有違法的金錢流動，也就是所謂的「身體檢查」。由於當時的手腕太過高明，之後的調查也都任命宇治家秘書進行，而宇治家秘書似乎也因此掌握不少有力議員的弱點。以前他還經常像口頭禪一樣嘟噥著「只要利用我手上掌握的弱點，就可以讓善壹先生一口氣接近總理寶座。」

像這樣掌握著絕對權力的宇治家秘書，不可能只是為了惡作劇或是驚喜就違法入侵我家。

相較於充滿戒心的我，毫不在意的宇治家秘書用粗厚的手指憐愛地撫摸鮭魚卵。

「我最喜歡鮭魚卵了，看著這一粒粒密集的模樣，就會讓我眼前浮現擠滿人的通勤電車。多虧他們繳納稅金，政治才能運作。對我來說，鮭魚卵正是能夠提醒我這件重要事情的食物。」

「哦……」

我第一次聽到這番話時，還以爲是開玩笑。但是宇治家秘書在撫摩桌燈上的葡萄裝飾和日本生鐵壺上的水珠狀浮雕時，也會說類似的話，看來應該是認眞地這麼想。

「說到這裡，我想和你談機密等級II的事情。」

「……好、好的。」

宇治家秘書仍舊用愛撫著鮭魚卵的語調講話，所以我一時反應不過來，慢了一拍才回應。

宇治家秘書在談重要事情的時候，一定會事先提示事情的機密等級。全部共有五個等級，數字愈大機密程度也會愈高。等級II應該算是「有點重要的事情」。

順帶一提，談論等級V的事情時，據說宇治家秘書爲了以防萬一，會避免使用特定的關鍵字，從頭到尾用迂迴的說法交談，同時也會要求對方也比照辦理。反過來說，宇治家秘書只會對辦得到的對象，談論等級V的事情。

遺憾的是我至今尙未收過進行等級V談話的提示。

「關於這次選舉，形勢似乎有些險峻啊。我也有不少次選舉的經驗，但是情況這麼艱難的，這還是第一次。甘利總理看來令人大失所望啊。」

甘利虎之介總理是去年九月在黨內各派妥協之下產生的總理大臣，外表瘦削羸弱，被人稱爲「豆芽菜」，而且能力遠遠稱不上出色。不過正因如此，大家都期待他能夠無事完成任期。繼長宗我部、高坂的短命內閣之後，黨內飄盪著這種消極的期待感。

但是甘利總理日前在表明政府理念的演說時，突然講出「爲了強化社會福利，應該比照北歐，將消費稅提高至百分之二十五。」甘利總理當然立刻遭受朝野猛烈的砲火抨擊，並在三天後撤回了自己的發言。由於處理方式太過難看，各方馬上響起要求甘利下台的聲音。不過甘利總理意外地執著政權的延續，甚至當眾泣訴「總理在政治人物之中的地位應該最高，爲什麼非得馬上辭職不可。」結果他的淚水招來「可恥」、「不可靠」、「不是總理的料」等批判，本來就很低迷的內閣支持率更是急遽下滑。

甘利總理在那之後仍然死抓著位子不放，但進入八月之後，他依舊一籌莫展，於是在毫無勝算以及自家人支持的情況下，甘利總理斷然解散眾議院。自由國民黨就在成立以來最大的逆境之下，被迫迎向選戰。

順帶一提，直到最後依然反對解散國會的是翔太郎。

「阿翔這次也挺危險。」

宇治家秘書和善壹先生同年，同時也是唯一和善壹先生的家族有所往來的秘書。宇治家秘書從翔太郎還小的時候就認識他，在內部人士的面前會稱呼翔太郎爲「阿翔」。

「不過就我所見，他倒是還很悠哉的樣子啊。」

「我能力不足，實在非常抱歉。」

社會和平黨推出的候選人柳下誠一以前是演員，他雖然不是帥哥，卻以充滿存在感的演技大受歡迎。但在兩年前，他發表「想要從政」的宣言，退出了演藝圈。此後他進入政治塾（註）鑽研苦練，終於在這次選舉成爲候選人。柳下靠著誠懇的外表和語調態度，支持者正迅速增加。這場被視爲笨蛋議員和前人氣演員的大對決，受到了高度矚目。媒體的選前預測是兩人平分秋色，或是柳下略爲領先。

但是翔太郎身上看不出半點危機感。

今天已經是選戰的第四天，距離投票日僅剩八天，翔太郎卻老是喊著「好累啊～眞想在家裡睡一整天～」每當我提醒他要拿出幹勁，他就一如往常地拿各種歪理應付，例如「之前不是才進行父親席次的補選嗎？」「選舉根本太多了，這樣成天只能看國民臉色立法。」「不用擔心，最後勝利的一定是正義這方。」

「就是因爲這樣，我才說交給我來處理。如果是在解散國會之前，我就能夠用手上的情報，請求社會和平黨推派更弱的候選人。」

「恕我冒犯，」

即使說這句話的人是宇治家秘書，我也不能視若無睹。

「使用那種卑劣的手段等於愚弄國民，根本不該這麼想。」

「你還眞是年輕啊，看著你簡直就像是看著年輕時的我。」

「諧音笑話也就罷了，剛才那句話我實在抓不到笑點。宇治家先生應該從年輕的時候，就相當老謀深算吧。」

「那是先入爲主的誤解，以前的我也是以清廉乾淨的政治爲理想……算了，這些事就先別

註：提供講師課程，培育政治家的機構。

提了。只是照現在這樣下去，阿翔一定會輸。」

「請別那麼說，接下來還有機會反攻……」

「因爲我們之中有間諜啊。」

宇治家秘書無視我不肯死心的強辯，一派稀鬆平常地丟下這句話後，將第二貫鮭魚卵壽司送進嘴裡。

「……間諜、嗎？」

宇治家秘書蠕動著嘴巴，彷彿正在一粒一粒地咀嚼鮭魚卵，同時點了點頭。

「阿翔演說之後，柳下也會在相同地點進行演說。而且這事發生不只一次，你應該也注意到了吧？」

「的確，我對這個情形是有點在意。」

選戰開始的第一天，翔太郎在Z市的中心街進行街頭演說。幾個小時之後，柳下也在完全相同的地點進行街頭演說。其後這個情形也一再出現，過分一點的時候，柳下會在數十分鐘之後就出現在相同地點，令人只能推測柳下事前掌握了翔太郎的演說地點。這樣容易讓人產生柳下控制局面的印象，造成選票的流失。

「雖說選戰一定會有間諜，不過這間諜對工作似乎有點太過勤奮，說不定還有其他重要情報洩漏出去了。不過現在也沒有慢慢調查的餘裕，當下最重要的是徹底確實的情報管理。」

行程、支持率低的區域、媒體策略……絕對不能洩漏給其他陣營的情報要多少有多少。宇治家秘書會特地上我這裡，可能也是因爲考慮到這邊比較不可能被間諜聽到。

「我明白了，今後我會確保情報只傳達給可以信賴的人。」

「麻煩你啦，我已經上了歲數，光是應付工商業界的地方人士就挺吃力，不太能出面處理這些事情。」

「您做的已經夠多了，如果不是宇治家先生壓下地方上的批評聲，恐怕選舉的局面會比現在更險峻。」

「能讓你這麼想眞是榮幸，現在選舉的輸贏可以說就落在你的肩膀上了。你雖然還年輕，卻是個很優秀的秘書。不過對上阿翔，你顯然還是有點難以應付。」

「眞是非常抱歉。」

豈止難以應付，我說不定還被當成玩具耍得團團轉。

宇治家秘書發出沉重的嘆息。

「阿翔無法讓人指望，他從以前就容易得意忘形，當上議員後更是變本加厲。善壹先生對阿翔進入政壇這事態度消極，甚至還曾經打算說服他不要從政，只是那對父子沒什麼深入交談的機會。善壹先生一向不在家，阿翔雖然尊敬父親，但是似乎也不太知道怎麼接近父親。」

「議員曾經說過，他在善壹先生過世之後才發現自己喜歡父親。」

「那他不是應該爲了不辱漆原善壹之名，好好潔身自愛嗎？」

冷淡的反論讓我毫無反駁餘地。

「如果善壹先生有指名其他接班人，當初就不至於推派這個笨蛋了。」

「宇治家先生果然也覺得翔太郎是個笨蛋嗎？」

「那是當然的。不是的話，就不會用那種理由反對解散國會了。」

——三十五歲以下的國民投票數應該加倍計算。不然在這個進入超高齡社會的時局，成立的盡是優待高齡人口的法律，讓年輕人無法對政治抱持希望。為了維護他們的人權，解散總選舉應該在制定「年輕人票數雙倍法」之後再進行。

翔太郎認真地主張自己的意見，直到最後依然反對解散國會。

結果雖然得到少部分的支持，卻仍然失去大多數國民的支持。特別是高齡人口層發出了猛烈的批評，表示「欺負老年人也要適可而止。」讓事務所的電話響個不停。

「你該不會以為阿翔是裝成笨蛋的天才吧——啊，你轉移視線了，看來你的確這麼想。」

「不，只是似乎也是有這麼想的人。」

「你說小春啊，不過那是因為她喜歡翔太郎的緣故。」

我前幾天才終於察覺到的事情，宇治家秘書似乎老早就知道了。

「她被愛沖昏頭，缺點都會看成優點，她的意見算不了準——啊，還有一件機密等級III的事情要和你說。」

機密等級往上升了一級，我自然而然繃緊了神經。

慢慢站起身的宇治家秘書，從高處俯瞰著我。

「我最近常常忘東忘西，像今天就忘了帶錢包。我對外送的人說，帳會連同你的份一起結算。我之後一定會還你錢，可不是叫你請客，對方馬上就會來，就麻煩你先付帳了。」

彷彿是等宇治家秘書說完這句話，門鈴「叮咚」地響了起來。

2

隔天，也就是選戰的第五天。

我騎著腳踏車前往選舉事務所。由於徹夜準備，上班的時間稍微晚了。翔太郎正和其他工作人員，在車站前向通勤、通學的人發表街頭演說。

爲了這次的選舉，我們在Z縣內開設了三處事務所，今天作爲據點的是Z市內的事務所，其他事務所則應該有小春、被硬拖來的一之瀨，以及其他留在選區的私設秘書坐鎮。

今天也是一早就很熱，我一邊擦汗，一邊反芻宇治家所說的話。精明能幹，作爲善壹先生左右手的宇治家秘書能夠如此肯定的話，翔太郎果然只是個笨蛋嗎……不，比起這個問題，現在更重要的是反間諜對策，必須一早就告訴翔太郎。

進入市中心後，雖然不該跟首都比較，不過眼前景色顯得相當寂寥。東京人看到的話，應該會覺得這裡是郊區吧，但是這裡卻是Z縣縣政府的所在。

Z縣的經濟目前正因爲不景氣而苦苦掙扎，而發生在今年三月，稱爲「黑色三月」的經濟危機更是雪上加霜。受到歐洲投資銀行經營失敗的影響，導致國內的股價和不動產價值大跌，就連Z縣也有幾家中小企業破產。

如果善壹先生仍然健在，一切就不致如此絕望。

右邊過去曾是「毒品博物館」的建築物進入視野，這座建築物當初以「讓小孩子理解毒品的危險性」的名義興建，結果卻成了蚊子館，正是典型給退休高官再次就職的設施。Z縣之前還有不少類似的機構設施，不過都在善壹先生的揭發之下解散了，解散後留下的土地和建築物則開放民間企業投標競爭。

儘管當地企業表示「位置絕佳，請務必讓敝公司參加投標。」這些企業的意願被一概無視，原定去年十二月進行的招標延期。據宇治家秘書所說，原因似乎是因爲善壹先生過世後，官僚企圖重整旗鼓加以反擊。

最後招標是在比原本預定晚半年之久的今年六月舉行，而且所有房產都由〈宮門〉得標獨佔。我雖然能夠理解〈宮門〉爲了拓展新事業而渴求優良房產，但終究還是希望能由老早之前就表明投標意願的當地企業得標。

我想起善壹先生講過的話。

——活化地區經濟的方法有兩個，一個是不讓官僚剝削地方利益，另一個則是導入地區貨幣。只要確立只有該地區才能使用的貨幣，錢就不會外流到都會區或是海外，如此一來以當地爲據點的中小企業就能活性化。

我對此提出反駁，表示「這種想法太過不切實際。」善壹先生就舉了瑞士的WIR爲例。

WIR是在一九三四年的時候，以經濟大恐慌爲背景誕生的地區貨幣，目的是爲了支援中小企業。雖然歷經幾次型態改革，但是毫不中斷地持續到了今天，至今已經成長爲約有八萬家公司使用的貨幣。儘管WIR無法直接兌換成法定貨幣的瑞士法郎，但受到政府的合法認可，一WIR擁有等同於一瑞士法郎的價值。另外WIR並非實際發行成紙鈔，而是以記下支付、領收金額的「帳戶形式」進行管理。

由於WIR與瑞士法郎相比利息比較低，所以具有資金較少的中小企業易於申請融資的特徵。融資的本金用WIR，利息則用瑞士法郎償還。如果交易對象同樣是參加WIR的企業，也可以使用WIR進行交易（一般而言不准只用WIR支付，必須同時支付一定比例的瑞士法郎。此外交易時產生的稅額也必須以瑞士法郎繳納。）

工作人員也會用公司給付的WIR購物，在瑞士的不少店鋪可見到「本店可使用WIR」、「這項商品標價的百分之五十可用WIR支付」等標示。

WIR的營運主體是受到承認的「WIR銀行」，帳戶維護費、交易手續費及付款手續費均使用瑞士法郎支付，並以此爲收益。

——我國的銀行一向不輕易融資給迫切需要金錢的中小企業，所以才需要以WIR爲藍本的地區貨幣。

善壹先生一心打造的政策·Z縣的地區貨幣——暫稱「Z幣」——與WIR同樣，能夠以比法定貨幣更便宜的利息融資給中小企業，企業間的交易也能夠用Z幣進行，工作人員的一部分薪水也以Z幣支付，參加企業的商品和服務也能透過Z幣購買使用。

——未來制度上會再更進一步，發展成不只中小企業，被認可具有償還能力的個人戶也能夠融資借貸。這樣一來，申請房屋貸款就會更方便，提高定居Z縣的人口。

——也有人批評在行政充滿財政困難的情況下，政府不會有管理地區貨幣的餘裕。不過負責營運的銀行只要以招標的方式，開放民間企業投標營運，接下來由官方與民間企業共同管理就好。

——部分大企業對此面有難色，表示會被「排除於地方經濟之外。」但是在全球化的美好口號之下，地方正一路走向窮困的境地。Z幣的實施已經是勢在必行，以求爲金錢概念帶來根本上的改變。

「爲了實現Z幣的構想，今年將會開始正式進行推動計畫。」善壹先生在新年會時還幹勁十足地在支持者面前如此宣言，結果就在該年突然過世。

作爲繼任者的翔太郎出馬時，明明發表過「繼承父親政策」的宣言，當選後卻大發謬論，「金錢和電力很像，兩者都是過去所沒有，對現今的經濟活動卻是不可或缺。我在電力公司的時候成天都在想電力的事，所以現在想和電力保持一點距離，對跟電力很像的金錢，當然也是採取同樣態度。」儘管這番宣言只是翔太郎遵照宇治家建議的結果，這樣也太過任性。

「本人沒打算推行的話也無可奈何。」宇治家秘書都如此表示了，於是地區貨幣的構想就悄悄從這次的選舉公報上移除了。

地區貨幣在無法期待大企業配合支援的情況下，的確是難以實行的構想。但是照道理來說，翔太郎起碼也要展露一點幹勁，像這樣不把善壹先生的想法當一回事，簡直令人忍無可忍。

——直到我讀過先父留下的日記，我才發現自己喜歡父親。

我實在不希望翔太郎講這句話時的澄澈眼神只是我的錯覺。

就在我滿腦子煩惱的時候，我已經來到選舉事務所之前。這處選舉事務所是爲了這次選舉承租的兩層樓建築，因爲是在察覺我方劣勢之後才臨時租下的，外觀姑且不論，內部可是慘不忍睹，特別是非相關人士不得進入的區域。

事務所前面已經站著三位工作人員。由於在選舉期間，即使只是請吃飯，也有可能冠上賄選之嫌，所以三位都是以義工形式在此工作。

只不過並非每位工作人員都不求回報，當然也有人打算以此做爲進入政壇的跳板。

「雲井先生，早安！」

像小學生一樣充滿精神地打招呼的本多直也正是其中一人。他今年二十二歲，在大學參加了政治研究會，曾毫不顧忌地公然表示自己打算「先成爲議員秘書，再成爲候選人。」

「早安，你的手怎麼啦？」

我看著他纏滿繃帶的左手這麼問。

「我昨晚騎腳踏車摔車，結果骨頭摔出裂痕。因爲傷的剛好是慣用手，所以日常生活可能會有點問題，但是請讓我繼續幫忙——比起這個，我剛剛正在對這兩人說教，要她們別穿高跟鞋來事務所，太不方便活動了。」

「我到時候會再換鞋子，無所謂吧？」

宮本綺羅羅氣鼓鼓地這麼說，相較之下，松川文子則是說了「對不起」之後，一臉消沉地低下頭。

宮本綺羅羅今年二十歲，外表輕浮花俏，媒體要介紹的話，絕對會稱她爲「時下的年輕人」。她不論化妝或是飾品都無懈可擊，一心追求如何讓自己看起來更可愛，每次都在擺最能吸引男人的表情。綺羅羅在大學加入汽車社，對道路行政以外毫無興趣，卻以「翔太郎大人好帥！」的理由成爲工作人員。照理說應該避免這類女性加入工作團隊，但是現在人手短缺也只好將就。

松川文子則是幾乎和綺羅羅相反的類型，她看起來一本正經，總是露出鑽牛角尖般的表情。她今年二十一歲，以體操項目的體保生資格進入大學，但右腳腳踝卻嚴重受傷，不得不退出體操部。她現在仍受腳傷的影響，走起來有一點跛。「運動獎學金也被取消了，現在的我只是個毫無用處的人，所以請讓我在這裡幫忙，以讓我證明自己的存在意義。」她在面試時這麼說，臉上還帶著被拒絕就要當場自盡的神情。

由於有其他員工和他們同姓氏，所以大家都以名字稱呼他們。

「直也，你也太自以爲了不起了吧，不過是個普通的工作人員，卻想要管東管西。」

「我搞不懂妳爲什麼從剛才就一直一臉不爽，我不是告訴過妳，要像我一樣一開始就穿運動鞋過來嗎？」

「你們兩個，別爲這種事情吵成這樣。」

「文子說得對，選民如果看到你們爭吵的模樣，還會想要投票給漆原議員嗎？大家先進事務所再說吧。」

我安撫三人後走進事務所，在流理臺前的桌子打開筆記型電腦，專心確認信件和演講稿，重新調整行程以防間諜洩密，並請其他三人在這段期間確認今天要做的事以及準備傳單等等。

「早安啊，雲井，一早就辛苦你啦。」

過了九點之後，結束街頭演說的翔太郎和其他工作人員一起出現。今天已經是選戰的第五天，翔太郎的聲音卻不見半點沙啞。本人似乎相當自豪喉嚨耐操，不過這種時候，因爲無法給選民拚命努力的印象，反而令人傷腦筋。

「早安。議員，雖然有點急，不過請您移駕到二樓一趟，有重要的事想和您討論。」

「嗯？不能在這裡談嗎？」

「兩個人私下談比較好。」

我丟下說「想去廁所」的翔太郎，先行上了二樓。我走過鋪著褪色地毯的走廊，進入走廊盡頭的會議室。會議室內除了桌子和折疊椅，以及收納打掃用具的櫃子之外，幾乎空無一物，看起來非常單調冷清，亞麻地板還顯得有點髒。雖說這裡只有相關人士才能進出，但還是需要好好打掃一番。對這些細節疏於注意，一定會對選舉造成不良影響。

過了一會，翔太郎才姍姍來遲地走進會議室。

「我是今天第一個用廁所的人耶。你問我爲什麼會知道？簡單啊，因爲捲筒衛生紙還折成尚未使用的樣子，洗手台也還是乾的。」

我無視一臉得意地講著雞毛蒜皮小事的翔太郎，伸手關上門，開始說明間諜的事情。

「──原來如此，如果是宇治家先生說的，那應該就是這麼回事了，這間事務所裡潛伏著柳下的間諜。」

翔太郎說完，臉上露出少年漫畫中主角面對宿敵的表情。

「您爲什麼一臉開心的樣子？」「因爲這不是很令人興奮嗎？間諜耶？一般人可是沒什麼

機會遇到這種情形喔？」「您是國會議員，請您理解您並不算一般人。」「那可是會延伸成優越主義的危險想法喔。」「請不要打混過去，總之請您多留意一下。」「好啦好啦，不過如果是像007那樣的間諜就輕鬆了。」「爲什麼？」「專業間諜的話就不會有罪惡感啦，這樣不就可以放心制裁間諜了？」

這是什麼邏輯？

「我個人認爲，專業人士和業餘人士的差別就在於對罪惡感的忍耐程度。政治人物就是最經典的例子，就算推出的政策支持度是百分之九十九，政治人物也會捨棄剩下那百分之一不贊成的國民。百分百的支持度是不可能的，而能夠忍耐那份罪惡感的就是政治人物喔。間諜要爲了任務四處窺探他人秘密，所以應該也必須擁有一定程度，抵抗罪惡感的能力吧。」

想來應該沒有政治人物能比翔太郎更不適合大談「專業人士應該如何如何。」

我試著壓下嘆息，而完全沒注意到的翔太郎開始興奮地在會議室內走來走去。

「不管怎樣，假如他們要搞間諜活動，我眞希望他們能夠玩徹底一點。比如說在我身上裝GPS，或是用夜視鏡徹夜監視我，如果這樣要求太多，那起碼裝個竊聽器吧。比方說，就裝在這下面？」

翔太郎停下腳步，探頭看向桌子底下。假如有人在這一刻走進會議室，看見現在的翔太郎，不知道會怎麼想。我光是想像，頭就隱隱痛了起來。

「——雲井。」

「什麼事？」

我按著太陽穴，回應從桌子底下傳來的聲音。

「有耶。」

「有什麼？」

「竊聽器。」

「啥？」

「竊聽器啊，竊聽器，就用膠帶貼在桌板背面。」

3

用來將竊聽器貼在桌板背面的膠帶貼得非常細心，連半點皺折也沒有。

「這是英格拉霍普公司去年發售的錄音式竊聽器，上個月該公司推出新機型之後，這個型號就變成舊款，現在買正划算。雖然因爲沒有接受器，必須費工夫回收竊聽器，不過只要短暫的充電時間就可以長時間錄音，集音效果也十分優秀，就算有輕微障礙物也毫無影響。這個間諜可眞是選了不錯的機種啊。」

明明是政治人物，爲什麼會對竊聽器熟到這種程度？我一邊搖頭驚訝，一邊尋找還有沒有其他竊聽器。

……好，沒問題了。這個房間除了翔太郎找到的竊聽器之外，其他什麼也沒有。

雖然這麼說，狀況顯然比我原本想像的還要險峻。如果對方只是想要情報，根本不需要冒著被發現的風險裝設竊聽器。即使如此，對方也還是冒著風險裝設了竊聽器。這樣一來，間諜的目的就可能是錄下翔太郎的失言。

過去曾有某國首腦沒注意到麥克風的開關沒關，不小心說出「頑固老太婆」導致選舉大敗。對方應該是期待以問題發言聞名的翔太郎，會說出什麼破壞力驚人的不當發言吧。只要有那份錄音，就可以透過網路瞬間散播到全世界，情報來源只要署名「看不下去的翔太郎支持者」之類的就好。就算想要提告，也無法輕易找出間諜的身分。儘管選舉期間，各大媒體在報

獨步新聞

二〇一六年（平成28年）1月1日 金曜日

獨步文化部落格：http://apexpress.blog66.fc2.com/
獨步文化粉絲團：https://www.facebook.com/APEXPRESS
客服信箱：cite_apexpress@hmg.com.tw

獨步文化 APEX PRESS

本期要聞

A1 頭條要聞
前往東京專訪
推理魔術師—松岡圭祐

A2 嶄新書系・跨界進化
獨步文化2016大躍進
怪誕歐美小說－hybrid&weird
書系即將登場！

年度預告：
連城三紀彥最終傑作《小異邦人》
伊坂幸太郎殘暴轉型《不然你去住火星》
《NOIR》原案月村了衛科幻巨作《機龍警察》

動畫改編：
《屍者的帝國》、《春＆夏推理事件簿》
影像化！

獨步十週年
集點馬拉松
活動
開始嘍！

活動內容
請見A2版面

系列銷售在日突破八十萬冊！

問鼎日本影視改編最受喜愛作家寶座！

推理魔術師松岡圭祐嶄新傑作

《惡德偵探制裁社》

獨步特派員
東京專訪！

導上應該會有所自制，但八卦雜誌和晚間小報絕對會大書特書。那樣的話，翔太郎絕對會穩穩落選，議員生命也會到此爲止。

這次是剛好發現竊聽器，所以還好。不過接下來可不知道哪邊還會有被錄音的風險，因此得快點找到間諜才行。

「間諜是什麼時候裝上去的？」

「請借我一下。」

竊聽器比香菸盒小上一圈，不過機器小歸小，上面卻有液晶螢幕和操作按鍵。我將錄音倒帶到剛開始的地方，然後按下播放鍵。從機器傳出輕微的聲音，聲音很有規律，大概是腳步聲，接下來響起門關上的聲音。

竊聽器沒有錄到開門的聲音，也就是說間諜是在門開著的狀況下裝設竊聽器，可說非常大膽。

在那之後，持續了好一陣子的靜默。我按下快轉，終於聽到開門的聲音。稍晚之後，傳來『我是今天第一個用廁所的人耶』的翔太郎聲音。

「從錄音開始到我進入會議室爲止，大約過了四十分鐘。也就是說間諜是在距今四十分鐘的八點半左右按下錄音鍵，而那個時間帶在事務所的有本多直也、宮本綺羅羅、松川文子，這三人之中的其中一人一定就是間諜。」

「咦？你不是也在嗎？所以你也是嫌疑犯喔。」

……要忍耐。你不是發過誓，要將翔太郎培養成獨當一面的政治家，以報答善壹先生的恩情嗎？

「爲什麼我需要竊聽？」「最不可疑的傢伙就是犯人，這可是推理劇的鐵則啊。」「我們可不是在演推理劇，而是在打選戰。更何況我總是和您在一起，根本不需要在這種地方裝設竊聽器吧。」「對喔。而且你不論發生什麼事，都絕對不會背叛我嘛。」「……當然。」

七個月前，我爲了勛章一事而提筆寫辭呈的罪惡感湧上心頭，讓我無法正視翔太郎。

「那麼，那三人在那個時間點的行動是？」

「非常遺憾，在您來之前，我都專心在自己手頭上的事情，所以對此一無所知。此外在我印象中，那三人好像都上過二樓一趟。目前我們沒有任何方法找出間諜的身分。」

有點髒的地板說不定會留下腳印……我抱著期待環視了四周，但可惜的是地板還沒髒到能夠清楚留下腳印。這樣子也只能舉雙手投降了。

——不，等等。

從這個線索下手的話，不就能過濾出嫌疑犯了嗎？

畢竟竊聽器錄到的聲音是……

「既然如此，就先把那三人找來問問看吧，說不定能夠知道些什麼。」

我將剛才想到的事情收至腦中一角，點頭贊成翔太郎的提議。

第一個叫來的人是本多直也。

「你今天在漆原先生來之前，曾經上過二樓嗎？」

「是的，我上過二樓。」

直也口齒清晰地回答。

「大約是什麼時候？」

「我想應該是還不到八點半的時候，但是我不太確定。不過爲什麼要問這個？」

「我之後會再說明。先不談這個，你當時爲什麼上二樓？」

「我上去是爲了從高處眺望街景以鼓舞自己，告訴自己今天一整天也要加油。」

就因爲這樣的理由？不過這個男人爲實現進入政界的目標總是全力以赴，似乎也不是不可能。

「你進了這個會議室嗎？」

「不，我只是從走廊的窗戶朝外大吼而已。」

「如果被人誤會這裡養了什麼奇怪的動物，可是會對選票有影響的，請你以後注意一下舉止。」

「不可能會有那種誤解啦。」

「不論是多瑣碎的負面要素，都要盡量避免，這就是選舉。順帶一問，你在二樓遇到誰了嗎？」

「不，我沒遇到任何人。」

「是說，」

翔太郎突然插進對話。

「那個繃帶是怎麼回事？」

直也重複了一遍今早對我講過的說明。

「你是騎腳踏車摔倒了啊。既然如此，你大可不用特地過來幫忙選舉的事情啊。」

「感謝您的關心，但是我可不能因爲這種小事就受挫停下。」

「不，你這麼做我可傷腦筋啊，別人豈不會認爲我使喚傷患幫我做事？你的社團是政治研究會，對吧？社團裡連這種事情都沒教嗎？」

「呃？」

「我先確認一下，」

我連忙打斷兩人。

「你能夠證明你的手眞的受傷了嗎？」

「當然啦，有需要的話，我可以把繃帶拆下來，或是你們要跟治療的醫生確認也行。我可以告訴你們聯絡方式。」

直也一臉意外地回答。既然他能斬釘截鐵地說到這個地步，那受傷的事應該是眞的了。

下一位是宮本綺羅羅。

「雖然漆原先生很帥，不過雲井先生也很不錯，眞是令人心跳不已！」

考慮到眼下情況，我只是平板地回聲「謝謝。」迅速開始詢問。

「妳在議員來之前，曾經上過二樓嗎？」

「是啊，我去了吸菸區兩三次。因為我是個大菸槍，一不抽菸就會變得毛毛躁躁的。不過在別人看得到的地方抽菸的話，又會被直也罵，所以我才上二樓去抽。」

她在事務所前面會那麼煩躁，看來也是因為尼古丁不足吧。

「不過妳身上倒是沒什麼菸臭味，妳真的去抽菸了嗎？」

「我有除臭噴霧，我用了噴霧去掉菸臭味。」

「那妳還記得妳去吸菸區的正確時間嗎？」

「我可不記得我什麼時候去了。」

「妳在二樓遇過任何人嗎？」

「我沒遇到任何人。畢竟吸菸區的位置比會議室還要裡面，而且那個時候事務所裡，除了我以外也沒其他人吸菸。」

「妳進過會議室嗎？」

「我沒進會議室，畢竟我也沒必要進會議室。」

一連串的問題讓綺羅羅臉上狐疑之色愈來愈重。

「為什麼要問這些問題？請告訴我原因，不然我就什麼都不說喔。」

「高跟鞋。」

翔太郎又從旁突然冒出一句。

「妳參加的是汽車社團，對吧？妳開車的時候也穿高跟鞋嗎？」

「當然啦，雖然也有人說很危險，不准我這麼做，不過我運動神經很好，不會有問題的。」

綺羅羅臉上懷疑的神色一瞬間散去，就連自己剛剛講過「什麼都不說」這件事也都忘得一乾二淨。

「不過漆原先生不要我穿高跟鞋的話，我就乖乖不穿。」

「穿高跟鞋開車很危險，所以還是別這麼做比較好。不過妳今天一整天大可繼續穿著高跟鞋喔，畢竟女性就是要穿高跟鞋啊，不只能讓腳踝看起來細得盈盈一握，還具有某種官能性的美感，勾起人的情慾——」

「謝謝妳，綺羅羅，麻煩妳叫文子過來。」

我迅速打斷翔太郎的性騷擾發言。

松川文子露出了比平常還要消沉的表情。

「我原本想要打掃一下，所以拿著抹布上了二樓。但是因爲到處都很髒，我只好先擦了擦玻璃就結束打掃。」

「那大概是幾點呢？」

「我想應該是八點半左右，雖然我不知道正確時間，不過差不多是我請雲井先生借過的時候。」

「這樣一講，妳好像曾經說想要使用流理臺，請我離座過一兩次。我停下手邊工作的時候，也就只有妳請我離座的那幾次，所以我記得很清楚。」

只是我也不知道確切時間。

「請問……我做了什麼很嚴重的事嗎？」

文子看起來非常緊張，彷彿我一用嚴厲的語調詢問，她就會從窗戶一躍而下。

「沒事的，只是有點事情想確認一下。直也和綺羅羅好像也都上過二樓，妳知道妳們的先後順序嗎？」

「對不起，我不清楚。」

「那妳在二樓遇過任何人嗎？」

「沒有。」

「妳進過會議室嗎？」

「我沒進過會議室。」

「高跟鞋。」

繼直也、綺羅羅之後，翔太郎再次突兀地從旁插嘴：

「妳以前雖然是體操部的學生，後來卻因爲右腳受了嚴重的傷而退出了，對不對？這樣的話，妳穿高跟鞋沒問題嗎？妳的右腳現在似乎也還有點跛，穿高跟鞋感覺會對腳造成負擔耶。」

文子原本就沮喪的表情變得更加沮喪。

「對不起……我的右腳最近好不容易比較不痛了，我太高興能再次穿上高跟鞋，所以忍不住就……眞的非常抱歉，我會馬上換成比較方便行動的鞋子。」

「妳不需道歉，也不需要換鞋子。」

翔太郎一臉眞誠。

「妳腳下的高跟鞋非常適合妳，果然女性就是要穿高跟鞋——」

「謝謝，妳可以回去忙妳的事了。」

我用比綺羅羅那時還快的速度，飛快打斷翔太郎的性騷擾發言。

在那之後，我們在得到三人同意的情況下，調查了他們的東西，不過沒有發現任何值得注意的東西。

這下該怎麼辦呢？我在翔太郎跑去喝水，只剩下我一人的會議室之中獨自思考。

三人都各自承認自己曾經上過二樓，但都不清楚正確時間，也不曾遇到其他人，無法從這些資訊過濾出間諜的身分。

這麼一來，該從一開始想到的線索下手嗎？

從竊聽器開始錄音，到門被關上的期間，只有錄到疑似腳步聲的輕柔規律聲響。

——沒錯，腳步聲非常輕柔。

從這點下手的話，間諜的身分就昭然若揭了。

但是一如以往，翔太郎的言行引起了我的注意。

翔太郎似乎特別在意高跟鞋，但是他眞的只是對高跟鞋有特別愛好嗎？這雖然只是我的假設，不過如果翔太郎只是企圖將我的注意力引至高跟鞋，那就代表他又在打什麼主意，好再次把我耍得團團轉……

我想我大概太過疑神疑鬼了。「阿翔是個笨蛋。」翔太郎的愚蠢可是經過那位宇治家秘書蓋章認證，認定他只是對高跟鞋有特別愛好還比較合理。

但是宇治家秘書也不是神，萬一他錯了……假使陷入暗戀的少女小春才是那個看穿翔太郎眞相的人，那就代表這次也有什麼內幕……

翔太郎究竟是笨蛋？還是天才？

視此而定，我應採取的行動會有極大的不同。

我考慮了老半天，在兩個極端的選項之間舉棋不定——最後一個想法突然閃過我的腦海。

對啊，我一開始這樣做就好了。

我聽見上樓梯的腳步聲，翔太郎回來了。

「我回來啦。說眞的，幸好我昨天先把礦泉水放進冰箱裡，我剛剛才能用冰涼的水滋潤我的喉嚨。」

「眞不愧是議員，準備得眞萬全。」

我一反先前的反應，先適當地吹捧一下翔太郎。

「既然您頭腦反應這麼敏捷，我想請教一下，不知道您認爲誰是間諜？」

這就是我想出的翔太郎對策。

不論是公園的事情，或是勛章的事情，我都太過優先考慮自己的推理，而不曾詢問翔太郎的意見，這就是我的敗筆。導致我兩次先行採取行動，結果卻被結結實實打臉。既然如此，我只要讓翔太郎先出招就好。這樣不論他是笨蛋還是天才，我都能視他出什麼招，再決定下一步棋該怎麼下。

結果翔太郎露出滿臉微笑。

他的表情乍看之下天眞無邪，但不知爲何，卻讓我心中烏雲密布。

「你問得正好，我才打算由我這邊開口。關於這件事呢——」

密布的烏雲顏色變深。

「我打算當作沒這回事。」

……

……什麼？

「進一步的追查就到此爲止吧。他們三人不管怎麼看都是普通的學生，跟007差得遠了。間諜一定對竊取我的情報感到了罪惡感帶來的苛責，這樣不就足夠了嗎？」

從密布的烏雲下起了滂沱雷雨。

4

「現在正是我們團結一心的時候，我不想起無謂的爭執，也就是發揮所謂『憎其罪而不憎其人』的精神喔。」「這種情形下，您應該憎其人才對。間諜設置竊聽器，目的是爲了錄下您的失言喔？如果您的失言流傳出去，這場選戰就輸定了。」「那我只要小心不要失言就好啦。」「人有做得到和做不到的事情。」「侷限人的可能性可不好啊。總之，這件事情就決定不再追究了。」

翔太郎在打什麼主意嗎？但是他臉上無邪的笑容絲毫不變，說著「沒問題吧？雲井。」並探頭注視著我的眼睛。

「怎麼可能沒問題？難道您打算在不知道什麼時候會再次被安裝竊聽器的情況下，繼續打一場選戰嗎？而且派出間諜的毫無疑問是柳下陣營，他派出的間諜裝設了竊聽器，只要將這件事公諸於世，輿論的走向就會一口氣傾向我們這邊。」

「我可不認爲間諜會乖乖招認自己是受了柳下的指示喔，所以就算辛苦找出誰是間諜，也不會有任何好處。既然如此，何不專注於選戰上？我想和柳下用政策正面對決，好好打場選戰。」

翔太郎似乎是認眞的。我沒想過會從他連喊「想睡一整天」的嘴裡，聽到「想好好打場選戰」之類的話。總而言之，他看來完全沒有揪出間諜的打算。

我當然對此無法接受。

「您說了『就算辛苦找出誰是間諜』對吧？那麼如果已經找出誰是間諜的話？」

「你就別說空話啦，就算是你，在沒有線索的情況下，也不可能找出誰是間諜。」

「不，講到線索的話我當然有，而且還是從一開始就存在、非常重大的線索。」

我這次將三人一起叫到會議室。

我簡明扼要地向三人說明了事務所潛伏著間諜，我們被裝設了竊聽器，而從情況判斷應該是三人之中的一人做的。在那期間，翔太郎什麼也沒說，只是雙手盤胸，露出一臉「沒問題嗎？」的表情。

「竟然敢竊聽漆原先生，眞是不可原諒。」憤憤不平的直也。

「間諜嗎？感覺好帥氣！」興奮的綺羅羅。

「我們之中有人是間諜……」低下頭的文子。

面對各自做出不同反應的三人，我彷彿指證似地拿出竊聽器，按下了播放鍵。竊聽器傳出了疑似腳步聲的輕柔聲音，然後是門關上的聲音響起。

「這就是間諜身分的線索。」

我一這麼說，綺羅羅就明顯地露出一臉緊張的樣子。

「好像稍微聽得到類似腳步聲的聲音。」

「那正是重點所在，這個房間的地板是亞麻地板，如果穿著高跟鞋，就算多努力放輕腳步，也會發出清楚的腳步聲。但是竊聽器錄到的腳步聲卻十分輕柔，也就是說間諜穿著不容易發出腳步聲的鞋子……比方說，穿著運動鞋之類。」

綺羅羅光明正大，而文子則是有所顧慮地將視線投向唯一一個沒穿高跟鞋的人——直也。直也的眼睛因爲不知所措而睜得老大。

「等、等一下，雲井先生是說我就是間諜嗎？」

「沒錯，間諜就是本多直也，就是你！這樣的想法正是間諜的企圖。」

「不是我！我是無辜的！」

直也大喊，但下一秒就煞住聲音。

「咦？」

直也似乎終於理解我說的意思，發出呆愣的聲音。

「這是什麼意思？」

「間諜考慮到竊聽器被發現的情況，事先脫下了高跟鞋，這樣就能透過腳步聲，誘導人以爲間諜就是直也。」

「這又不代表間諜穿著高跟鞋，說不定直也的確是間諜，因爲穿著運動鞋，才留下了那樣的腳步聲。」

綺羅羅一臉難以信服地搖頭反駁。

「間諜犯了一個錯誤，用來固定竊聽器的膠帶沒有半點皺折，而慣用手受傷的直也是不可能貼得那麼整齊的，就算要貼得那麼漂亮，也需要花費不少時間。在別人不知道什麼時候會出現的情況下，不可能有那個閒情逸致。也就是說，間諜就是綺羅羅或是文子，妳們兩人的其中一人。」

間諜啊，我的腦袋可沒單純到會中妳的淺薄伎倆，直接跳到「因爲錄到的不是高跟鞋的腳步聲，所以直也是間諜。」的結論。

假如翔太郎剛才不是這麼在意高跟鞋，我就能充滿自信地這麼說了。

我胸口的不安再次湧了上來。該不會翔太郎已經看穿我的對策，才裝出不打算揭發間諜的樣子吧？如果是這樣，那我不就是在他的操弄之下發表推理嗎？那麼我現在已經一腳踏入陷阱裡了，接下來等著我的，豈不就是已經成爲慣例的大逆轉了嗎？

我斜眼瞥了翔太郎。

他一臉失望。

翔太郎爲何失望？這個疑問才剛湧現，下一瞬間一切都變得合理了。

翔太郎是爲了誘導我得出「間諜就是直也」的結論，才那麼執著高跟鞋。在翔太郎的計畫之中，我應該會說出「竊聽器錄到的不是高跟鞋的腳步聲，所以間諜就是直也。」接下來翔太郎再指出「直也的慣用手受傷，無法將膠帶貼得整整齊齊。」讓我大出洋相之後，再說出「間諜是脫了高跟鞋」的推理。

但是與計畫不同，我看穿了間諜的企圖，所以翔太郎才會因爲「這樣就沒得玩了」而一臉失望吧。

翔太郎既不是笨蛋，也不是天才，只是個喜歡整人的小鬼而已。希望這次的事情能給他一次教訓，今後好好注意自己的行為。

綺羅羅一臉意外，而文子臉色蒼白，我不慌不忙地注視著兩人。

「接下來就是兩人之中，誰才是間諜……」

「當然是綺羅羅吧。」

馬上回復精神的直也氣勢洶洶地說：

「這個女的參加了汽車社團，應該很喜歡碰機械，對竊聽器一定也很清楚。」

「啥？你在亂扯些什麼？」

綺羅羅的聲音變得氣急敗壞。

「我才不是喜歡碰機械，只是喜歡碰車子而已。」

「雖然妳說得好像有所差別，不過在我們這些外行人眼裡，根本就沒兩樣」

「我覺得不能咬定只有綺羅羅熟悉竊聽器。」

文子用緊張的聲音提出看法。

「只要透過網路查一下，任何人都能輕易了解相關知識。只是因為常碰機械，就要被懷疑是間諜，那綺羅羅也未免太可憐了。」

「妳竟然袒護綺羅羅……文子，妳真是個溫柔的人。」

「直也，你為什麼臉紅了？」

「要找哪一個人才是間諜，其實非常簡單。」

我用嚴肅的聲音拉回三人的注意。

「一如各位所見，這個房間的地板很髒，如果脫下高跟鞋走路，絲襪一定會弄髒。剛才檢查各位的所有物時，我已經確認過妳們兩位都沒有替換的絲襪。但是在這種地方穿脫絲襪，被人看到的話一定會引人疑心，所以間諜不會選擇光腳走路。也就是說，間諜現在穿著的絲襪底部一定是髒的。那麼，麻煩兩位脫下高跟鞋吧。」

使出這著棋，那一位應該就會放棄隱瞞，自己招認——我原本是這麼想的。

但是兩人都不發一語地坐上折疊椅，綺羅羅是用帶著反抗意味的態度，而文子則是畏縮地脫下了高跟鞋。這樣的情況出乎我的預想之外，她大概已經自暴自棄了吧。

兩人抬起腳，露出腳底。

絲襪一塵不染——兩人都是，沒有半點看似踩過髒兮兮地板的痕跡。

「呃……」

「如何，滿意了嗎？」

綺羅羅露出得意的笑容。

「看來我和文子都是清白的呢，也就是說雲井先生的推理完全錯誤。」

怎麼可能……

固定竊聽器的膠帶貼得非常整齊，所以直也不是間諜。

從腳步聲聽來，間諜當時沒穿高跟鞋。

從這兩點來看，「綺羅羅或文子脫下高跟鞋，從會議室離開。」這項推論應該是不會有錯的。

說得更清楚一點，以我的推理，她——綺羅羅正是間諜。

腳步聲是以規律的節奏響起，所以間諜不會是拖著右腳行走的文子。但是別說是綺羅羅，爲什麼連文子的絲襪也沒半點灰塵？

「間諜果然是直也吧。」

「妳沒聽到雲井先生說的嗎？慣用手受傷的我不可能將膠帶貼得整整齊齊，就算做得到也會花很多時間。」

「你大概是在奇妙的時間點，突然完美主義上身，硬是慢慢地將膠帶貼得整整齊齊吧？有人會來這件事，說不定你那時根本想不到。」

「妳說什麼？」

「你們兩個都別吵了。」

直也和綺羅羅開始你一言我一語地爭吵起來，而文子則試著當兩人的和事佬。

情況惡化了，如果眼下這個揭發失敗的慘況，走漏到柳下陣營……就算情報沒走漏，此處產生的不協調，也一定會影響整個事務所，不管再怎麼試圖遮掩隱瞞，都會傳進選民的耳裡，對投票造成巨大的影響。

輸定了。如果不在此揭發間諜的身分，就算翔太郎沒被錄下不當發言，選舉也絕對輸定了。

間諜究竟是誰？

會是直也嗎？說不定他反過來利用了慣用手受傷就無法整齊貼好膠帶的想法。他一心以政界爲目標，所以可能打算向柳下推銷自己……

不，也有可能是綺羅羅？她似乎熟悉機械，搞不好她事先調整過竊聽器，讓竊聽器錄不到高跟鞋的聲音。「翔太郎大人好帥！」只是她的演技，其實像柳下那樣外表誠懇的男人才是她喜歡的類型……

不不不，該不會是文子？她在三人之中，是最有常識的……不對，這又不代表什麼。不過推理劇的法則就是最不可疑的傢伙正是犯人……我在說什麼啊？我是在打選戰，又不是在演推理劇。

冷靜下來，雲井，你可是世界上最擅長抓出間諜的秘書。

我對自己施加暗示，思考解決眼前局面的方法。

……事已至此，我只能低頭求間諜自首了。只要我提出不追究間諜責任，並請辭爲這個事態負責等條件，間諜應該也會不堪良心苛責地全盤托出吧。

好，誠心誠意地懇求間諜吧。

「唉……」

我暗自下定決心，而站在我身邊的翔太郎卻在此時發出沉重的嘆息聲。他臉上並非失望的表情。

出現在他臉上的是痛苦的表情。

「既然演變成這種混亂的局面，那也沒辦法了，就由我來說出間諜的身分吧。其實這個狀況，和我小時候讀過的腦筋急轉彎的題目一模一樣。」

什麼？也就是說……

「我從一開始就知道間諜是誰。」

子。

5

「既然如此，爲什麼不早點告訴我！」

如果不是在直也他們面前，我只怕已經在結尾驚嘆號落下的同時，用力掐住翔太郎的脖子。

不知爲何，回了一聲「眞是抱歉。」的翔太郎，臉上的神情和平時不同，顯得有些落寞。

……難道是有什麼隱情嗎？

「首先如同雲井所說的，直也不是間諜，原因是他的慣用手受傷了。」

「我剛才也講過，就算直也受傷了，但是他只要花時間就能把膠帶貼得整齊喔。而且我和文子都不曾脫下高跟鞋，但是錄音中卻沒錄到高跟鞋的腳步聲，所以間諜還是直也。」

面對噘著嘴提出反駁的綺羅羅，翔太郎開始解釋：

「該注意的不是那一點，而是會議室的門。竊聽器只錄到了門關上的聲音，也就是說門之前一直是開著。這樣說起來就很奇怪，間諜難道是在門開著的狀況下裝設竊聽器嗎？就算會議室是在二樓走廊深處，間諜應該也不敢這麼冒險。下意識關上門才符合自然的心理。」

我之前只覺得「這間諜還眞是大膽。」現在一聽，的確是不太自然。

「那麼門又是爲什麼開著？一開始，間諜進這個房間的時候關上門，裝設了竊聽器。間諜按下了錄音鍵後，就這樣穿著高跟鞋準備離去，但是走到一半時，卻注意到自己的腳步聲。間諜先消去所有錄音，然後再使用『穿著高跟鞋也不會發出高跟鞋腳步聲』的方法離開了會議室。這個方法會讓間諜無法開門，所以間諜只好讓門事先保持打開的狀態。」

「那個方法到底是什麼？」

我氣勢洶洶地詢問，而翔太郎回答了：

「倒立。」

倒立，聽到這個詞之後，所有人的視線都射向那名人物。

「間諜開門後回到竊聽器旁，按下了錄音鍵，然後倒立離開了房間。只要到了走廊，因爲走廊上鋪著地毯，即使穿著高跟鞋，也不會留下高跟鞋的腳步聲。間諜到了走廊之後就將門關上，所以竊聽器才只錄到關門的聲音。

單純脫下高跟鞋離開的話，會弄髒絲襪，留下證據。光著腳走則如同雲井所說，在這種地方穿脫絲襪會太過可疑。此外，綺羅羅常常去吸菸區，間諜應該想盡早逃離現場。雖然這是間諜一時之間想到的辦法，但對在體操部時練習過許多次倒立的間諜而言，這應該算不上什麼異想天開的想法。

對吧，文子？」

被翔太郎指名的人——松川文子的身軀微微地顫抖著。

「再補充一點，就是用這個方法的話會弄髒手。所以妳出走廊之後，先用抹布擦了擦手，然後再去流理臺，以洗抹布爲幌子洗手。

綺羅羅雖然運動神經似乎也很好，說不定也能夠倒立，但是她的所有物之中沒有留下擦手痕跡的可疑物品。今天早上在我到之前，沒人使用過廁所，用過流理臺的又只有文子，綺羅羅不可能洗過手。在隨時都有可能會有人上二樓的情況下，她也不可能悠哉地用走廊的地毯擦手。

此外，腳步聲——唔，因爲是倒立，所以應該說是手步聲——那個聲音具有一定的規律，如果不是相當擅長倒立的人，是無法像那樣移動的。

所以說，間諜不可能是妳以外的其他人喔，文子。」

成爲眾人視線焦點的文子一臉慘白，平時總是露出沮喪神情的臉，此刻看起來更是令人心痛。

「我不希望再繼續追問下去，妳願意將一切告訴我們嗎？」

文子顫抖的嘴唇動了動，彷彿想說些什麼，但隨後又無力地垮下雙肩。

「眞的……非常抱歉。」

文子以令人意外的乾脆態度，承認了翔太郎的推論。

……沒想到一如推理劇的鐵則，最意想不到的人物就是犯人。

「但是請相信我，我並沒打算將罪名推到直也頭上。我只是絞盡腦汁思考怎樣才不會發出高跟鞋的聲音，而想到的方法就是倒立，只是這樣而已。」

而我以「間諜是爲了讓直也成爲懷疑對象」爲起點進行的推理，從這點來看可說是全盤皆錯。

「像妳這樣個性認眞的大學生，爲什麼會對議員這麼做？」

我仍然無法完全相信，忍不住出聲詢問文子。

「我需要錢，因爲我們家窮……好不容易爭取到的運動獎學金也因爲受傷而取消，讓父母大傷腦筋……所以我才打算竊取議員的情報，打算高價賣給哪邊的選舉陣營。」

「說眞的，妳已經將情報賣給柳下陣營了吧？裝設竊聽器應該也是爲了錄下議員的失言，對吧？」

「不，我還什麼都沒做，而且我從來沒想過要錄下議員的失言。」

與文子強烈的否認成對比，她的嘴唇一片煞白，明顯正在說謊，但是我手中沒有證據可以指出她的謊言。

「我明白了，但是我們也不能就這樣原諒妳做下的事情。妳也已經成年了，希望妳能爲妳的行爲負起相應的責任，沒問題吧？」

「沒那個必要，雲井。」

相對於我嚴厲的聲音，翔太郎的聲音就像是毫無波瀾的平靜湖面。

「我當初就是料想到這類隱情，才想要把這件事壓下來。你就原諒她一次吧，文子也算是情有可原。」

「但是議員，不管家境是否貧困，罪就是罪。」

「貧困是政治的責任，這樣講的話，這件事就好比是我自己的失敗對我進行的報復。你要責備文子的話，可以說是找錯責備的對象了。」

翔太郎像是要克制湧起的無力感，露出了苦澀的微笑，然後深深地低下頭，讓文子吃驚地後退了幾步。

「早知道會變成現在這樣，我一開始就不應該讓雲井進行推理。雲井將間諜的可疑人選縮小到妳和綺羅羅時，我非常沮喪。我認爲心地善良的妳會因爲無法忍受綺羅羅被當成間諜，就這樣坦承一切。在那之後的混亂局面，更是徒然折磨已經爲罪惡感所苦的妳。我雖然沒有資格請求妳原諒，但起碼請讓我爲此道歉。」

「漆原先生……」

文子兩手摀著嘴，眼睛泛起水氣，嘴唇也在顫抖，不過原因明顯和先前大不相同。

翔太郎緩緩抬起頭，看向直也和綺羅羅。

「雖然我不得不辭退文子，但我希望名義上能以個人因素爲理由。不知道能不能請你們忘掉在這裡看到的一切，不要向外洩漏任何事情？」

「我當然願意忘掉這一切，漆原先生。」

「我也是，畢竟文子是個好人。」

「不，」

文子毅然出聲：

「我很感激大家的好意，但是正如雲井先生所說的，犯下的罪就是罪。我會坦承一切，將我做過的事情……還有柳下候選人命令我做的事情，一五一十地全部說出來。我也會向媒體全盤托出所有事情。」

「文子，妳那麼做的話……」

「沒關係的，議員，請讓我說出一切吧。」

文子的聲音雖然僵硬，但臉上卻露出如釋重負的安穩表情。

隔天，也就是選戰的第六天。

正確來說，是消化比賽(註)的一天的當晚。

我獨自一人待在家裡，用電腦觀看線上節目。節目內容是自由記者的報導，主要報導各大媒體無法報導的「政壇內幕」，所以擁有非常驚人的點閱率。該節目在選舉期間也會毫不留情地批判政治家，由於播報的大多是可信度低的情報，我平時並不會收看，但是今晚另當別論。

『——對於以上的指控，柳下陣營予以否認。但是除了漆原陣營以外，其他陣營也陸續出現柳下送入多名間諜，指使間諜進行竊聽、偷拍行爲的證詞。雖然選舉期間必須顧慮公平原則，但爲何各大媒體至今尙未報導此件事件，目前仍是一項疑問。另外，漆原候選人今日一日都不曾出現在公開場合。據相關人士所說，期待打一場好選戰的漆原候選人對本次事件表示非常遺憾，似乎受到相當大的打擊，才因而留在住處閉門不出。根據秘書表示，漆原候選人預定會在明日下午重新展開競選活動。』

翔太郎之所以不見人影，才不是因爲受到打擊，背後眞相一定是因爲他終於實現了「在家裡睡一整天」的願望。

註：消化比賽所指的是賽程仍在進行中，但優勝者已經確定的情形下所剩下的比賽。

重新展開競選活動的時間是明天下午，這點也很可疑。翔太郎現在八成正在喝酒，打著一覺睡到明天中午的主意。「你也讓自己放鬆個一天嘛，雲井，對付媒體這件事交給一之瀨就好。」翔太郎用這句話把我趕回家，正是最好的證據。

各大媒體儘管並未報導這件事，卻爲了得到評論大舉殺到事務所。被大批記者包圍的一之瀨顯得不知所措，讓我有點於心不忍。一之瀨想來也不想應付這些記者吧，但是翔太郎這次直接點名他，所以他可能也不好意思拜託不太熟的我代替他處理這件事。

選舉可以說是贏定了，所以我對翔太郎也沒什麼好抱怨的。

文子昨天隨後向媒體告發柳下的所作所爲，自己也在社群網站、部落格，甚至是媒體網站上發布消息。柳下的誠懇似乎僅止於表面，他背地裡爲了在選舉中獲勝，好像做了不少卑劣的事情，口號則是「自由國民黨是惡，所以我們也可化身爲惡。」

文子的告發一開始被視爲惡意中傷，但因爲內容過於詳細具體，在數小時後就成爲網路上的發燒話題。柳下本身是受到高度矚目的候選人，所以小報也盛大報導了相關消息，而數天後發售的八卦雜誌上應該也會有相關報導。各大媒體雖然對相關報導有所節制，但消息在選民之間早已眾所皆知。

雖說柳下是自作自受，不過他原本籌畫的一切，這下都結結實實地打回他的臉上，實在是相當諷刺。

如此一來，不用等到投票日，就已經分出勝負了。除了柳下以外的候選人都是砲灰，完全不是翔太郎的對手。

選舉結果已經是「漆原翔太郎確定當選」了。

平常的話，我應該會和說「看吧，果然正義必勝」而自鳴得意的翔太郎一起沉醉在勝利的喜悅之中，但我現在卻完全提不起那份心情。

這難不成正是翔太郎的計畫？

單單告發文子的話，對方只要一概否認就沒戲唱了。實際上，一開始的確差點如此（一如翔太郎的預測）。

但是只要展現出寬大的態度，刺激文子的良心，她就會感動地自行向媒體坦承一切。如此一來，柳下就會完蛋大吉，我們也能不費吹灰之力贏得選戰。

翔太郎不是爲了這樣的結果，這次才不只是把我耍得團團轉，還讓我變成陪襯的丑角嗎？推理說不中，又慌得不知道該怎麼辦，最後還執意要懲處文子——我採取的所有行動都成了翔太郎的陪襯。寬宏大量的翔太郎在文子眼中，應該會因此顯得更加偉大吧。直也和綺羅羅也不停向其他員工讚揚「漆原先生眞是了不起的政治家。」表達心中的感動。

前提是翔太郎在聽到錄音中的腳步聲的那一瞬間，就已經在腦內計畫到這種地步。

我覺得自己的想像力太過豐富，但是即使我詢問翔太郎「您說過這個情況和您小時候讀過的腦筋急轉彎題目一模一樣，那麼那本腦筋急轉彎的書名是？」他也只回了「你會記得至今爲止所有吃過麵包的牌子嗎？」這類好像算是答案，又好像不算的回答。

說不定翔太郎其實不是看過腦筋急轉彎的題目，而是自己推理出眞相。

今早遇到小春時，她露出燦爛的笑容，告訴我「議員當然是算準了一切。雲井先生現在應該也同意，議員是憲政史上數一數二的天才了吧。啊，我只是作為部下，發表對上司的評論而已。」語畢還刻意補上欲蓋彌彰的辯解。

另一方面，傍晚碰面的宇治家秘書則是聳了聳肩，「阿翔雖然是個笨蛋，但就運氣特別旺。」儘管如此，宇治家秘書不知道是不是稍微安心了，他留下一句「認識的人正在考慮是否出馬參選下下個月的Z縣知事選舉，我去和他吃個飯。」就消失在夜晚的街道之中。

翔太郎究竟是天才，還是笨蛋？他是利用了我，或者其實毫無惡意？

我照慣例又迎來終極的二選一，但這次倒是不太在意。

——罪就是罪。

說出這句話的文子露出如釋重負的安穩表情。

文子並不是007，所以才會因為對「擔任間諜」這件事良心不安，臉上總是掛著消沉的表情。翔太郎給文子一個贖罪的機會，成功將她從這樣的困境中解救出來。

文子接下來大概會遇到許多痛苦的事情，她可能會無法繼續留在大學，這件事對她的求職說不定也會有所影響。

然而她是以自己的意志，光明正大地坦承了一切，起碼她不會背負著罪惡感活下去。

我不知道是否連這一點都在翔太郎的計算之中，說不定一切只是他運氣好，才矇到皆大歡喜的結果。不過翔太郎確實成功引導文子，讓一名女性擁有更好的未來。就這點來看，我相信與柳下相比，翔太郎應該能夠造福更多國民。

選民說不定和我抱有同感，因為他們的態度在一夜之間有了一百八十度的轉變。

選舉期間，媒體雖然不能公開候選人的支持率，但是只要在選區轉個半天，就能夠大致了解人們的觀感。

許多人表示「被柳下騙了。」、「這個選區果然還是只有漆原議員啊。」、「我們家親戚都要投給漆原議員。」最後甚至還出現老人家大讚「『年輕人票數雙倍法』眞是只有年輕政治人物才會有的柔軟想法。」

『——下一則新聞：在昨天的街頭演說中，甘利總理表示〈有心為國著想的國民應該為了減少下個世代的負擔，而將消費稅調漲至百分之二十五〉。他提出發表政策宣言時未曾提過的增稅本身就是問題，此外將這句話反過來看，代表甘利總理認為不支持消費稅調漲至百分之二十五的人就不是有心為國著想的國民。在街頭訪問中，訪問到的意見大多為〈不可原諒〉、〈難以置信〉等表示失望錯愕的意見，請見以下影片。』

事情演變得這麼大，只怕誰都無法阻止了。

我小小地嘆了口氣，關上瀏覽器視窗。

第四話　訪談

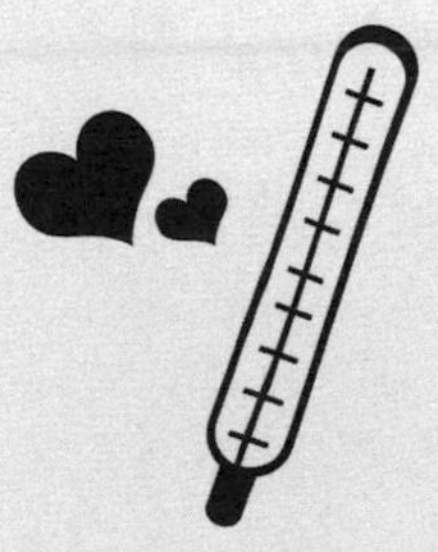

1

「所謂的工作，成果不會馬上出現的程度和代價成正比。工作的規模愈大，這個傾向就愈明顯。例如以世界第一高的電波塔爲目標的東京晴空塔，從開工到完工爲止，花費了三年以上的時間。假如連籌備階段的時間一併算進去，不知道實際究竟需要多少時間。

而政治更是不用說，是左右一個國家未來的龐大工作。不管成爲總理大臣的人有多麼了不起，也無法在一朝一夕之間做出令國民滿意的成果。縱觀歷史，能夠馬上得出成果的政治家都是獨裁者，也就是說，在民主主義國家的我國，政治在結構上是非常耗費時間的工作。

所以各位國民，不管你們用多嚴厲的態度都行，但是請你們務必用帶著耐心的目光關注內閣，就算內閣有不足之處，也請你們不要馬上放棄、要求內閣下台，更不要隨媒體起舞地高聲抱怨。如果對政治有所不滿，只要透過下次選舉，讓內閣落選就好了，畢竟那正是你們所擁有的權利。

因爲如此，我衷心地請求你們能夠發揮耐心，好好忍耐。」

這番話說得一點也不錯，說一朝一夕可能有點誇張，不過才短短數個月就嚷嚷「大失所望」的人，未免太缺乏耐心。如果不能以更長遠的目光進行評價，政治只會逐漸劣化，政治家無法成長，而造成的惡果最後還是由國民自身承擔。

我衷心地請求你們能夠發揮耐心，好好忍耐——這句政治人物們經常在腦袋裡想，但不敢說出來的話，翔太郎卻一派坦蕩地說了出來。就這點而言，我還眞想老實誇獎他。

只是自家政黨淪落成在野黨之後，被問到給執政黨的一段話時，這段話絕對不是最適合的台詞。

這個男人的字典裡，難道沒有「愛黨精神」這個詞嗎？

自由國民黨在成立以來的最大逆境下挑起選戰，並且吃下了民主主義史上前所未有的歷史性敗仗，連重量級的議員也紛紛落馬，議員席次減少到選前的半數以下。結果最大黨的寶座被社會和平黨奪走，連執政黨的寶座也一併拱手讓上。

甘利總理自己也以大幅差距落選，成爲我國憲政史上首位「落選的現任總理大臣」以不名譽的方式在歷史上留了名。其實只要名字登錄在政黨比例名單的上位之中的話，他還不至於落選，但是甘利總理以「抱著破釜沉舟的心情問信於民」爲理由，自己拒絕了這項安排（順帶一提，沒有任何人阻止他這麼做。）

雖然落選是理所當然，但是本人卻表示「歷史會證明我的主張是正確的。」直到離開首相官邸那天都昂首挺胸，顯得一片坦然。不論甘利總理主張的政策好壞，或是他到底有沒有能力，起碼他表現出來的態度的確符合一國總理所應有的氣度。

不過那只是媒體前的樣子，聽說他現在大白天就開始喝悶酒，還叫黨內毫無關係的年輕議員出來聽他的酒後牢騷，讓別人大感困擾。

話說回來，如果議員落選，連帶失業的就是我們這些議員秘書。受到這次敗北影響，許多長年共度甘苦的秘書同伴紛紛離開政界。之前的話，就算跟隨的議員落選了，秘書也能夠轉而投入其他當選的自由國民黨議員麾下。但是眼下的情形卻無法比照辦理，能夠獲得延攬的只有部分優秀秘書而已。「因為黑色三月的時候房價暴跌，現在就算賣房子也賣不了多少錢。我接下來究竟該怎麼過活才好？」面對其他資深秘書如此哀嘆，我想不到任何安慰的話。

落選議員的事務室前堆起的打包紙箱，是議員會館在選舉後的獨特風景，但是這還是第一次這麼冷清：許多認識的人都離開了，在議員會館昂首闊步的換成仍在適應這一切的社會和平黨議員，眼下的議員會館看起來簡直像不同的建築物。

成為在野黨之後，不只是媒體，企業的注意力也會轉向執政黨。

迄今為止向翔太郎所屬的政治團體提供獻金的企業，紛紛找理由停止獻金或是降低金額。本來就和翔太郎保持距離的企業，更是盤算以此為機會，和翔太郎完全斷絕關係。

典型的例子就是經手ＩＴ機器、金融、零售，甚至還有娛樂事業等所有商業活動的龐大企業集團〈宮門〉。

九月十五日，我被叫到〈宮門〉的東京總公司大樓。

盡力避免接觸翔太郎的企業會在這個時間點邀我過去，當然不可能是為了商量無關痛癢的小事，所以我以防萬一，盡我所能地事先做了一點準備。

來到二十二樓，通過一扇又一扇的門之後，等著我的是一個連窗戶都沒有的小房間。裝潢是清一色的黑色，室內的家具只有沙發和桌子。立方體的室內令人呼吸困難，彷彿給關進了金庫。

一早起來就感受到的不適似乎更加惡化了。

我出門前量體溫時，溫度是三十八點五度，雖然很想在家裡休息，但我又不能臨時更動行程。

彷彿爲了安撫我鬱悶的心情，房間隱約傳出潺潺的流水聲，聲音清澈得像房間內眞的有一條小河一樣。我循聲抬頭，發現天花板附近有小小的音響。

「這裡是重要會談時專用的特別房間，公司內稱這裡爲『方室』。流水聲是由〈宮門〉引以爲傲的超小型喇叭『KODAMA』播出，聲音聽起來很有臨場感，音質很好吧？」

似乎察覺到我的想法，宮門鐵子嘴角端起得意的笑容。那模樣和語氣簡直像是在古早雜貨店中，專賣東西給頑皮孩子的「昭和中期，說話刻薄的老婆婆。」

但是這位女性正是〈宮門〉的頂點，人稱「總帥」。

她在直到身爲當時總帥的丈夫・宮門信永過世之前，幾乎不出現在人前。但在信永過世之後，情況就改變了。如果由外部人士當上總帥，公司的業績就會急速惡化。正當公司以重建策略一環爲由，打算進行大規模裁員時，她突然在眾人面前登場。

「信永的夢想是將〈宮門〉打造成世界第一的企業，而所謂的世界第一並不單指業績，還包括公司員工的幸福。降級或調職都還在可接受範圍內，但唯有裁員，我絕對不會允許。」

以她闖入股東大會，在席間撂下的這番話爲開頭，她毅然發起了革命。她親自坐上總帥之位，成功地在不裁員的情況下重建企業，以十年的時間將〈宮門〉拱成世界屈指可數的企業，外國知名的財經雜誌甚至還將她選入「世界上最有影響力的一百位經營者」之中。

她在五年前重組唯一出現赤字的金融部門，以部長的身分親自坐鎮，僅僅花費短短三年就將赤字轉爲黑字。現今的〈宮門〉網路銀行已經成爲了優良銀行的代名詞。

〈宮門〉趁勢在今年四月發表聲明，表示未來將從網路銀行發展成實體銀行，進一步擴大事業，以「五年內達成國內五十家分店」爲目標，推行在各地設店的計畫。

雖然公司內出現「網路銀行就夠了」之類的猛烈反對，受到孤立的鐵子總帥仍舊表示「一帆風順的時候才更應該好好抓住下一個機會，如果事情未如計畫發展，我就辭去總帥之位。」以強硬作風貫徹了自己的計畫。雖然經濟評論家指責她的行爲「在黑色三月後，風險過高。」但是她的態度正是〈宮門〉在黑色三月後，業績仍舊維持佳境的原因之一。

不過鐵子總帥並非一位單純擁有豪俠之心的女性。

她同時也是一位冷酷無情的商業女強人。

「方室擁有最高等級的保安系統，所以這邊的對話沒有外流的危險。請安心地在這裡簽下這份文件吧。」

她這麼說著，遞過來的是一張誓約書。

「〈宮門〉從未向漆原翔太郎相關的政治團體提供任何獻金，兩者之間什麼關係也沒有。我在此發誓我們之間感情並不融洽，今後如果受到詢問，一定會回答我們毫無關係。」

誓約書上雖然寫得非常莊重正式，但簡單來說就是這個意思。

「這究竟是什麼？」

「就是你看到的那樣。」

鐵子總帥手指靈活地旋轉著原子筆。

「我們公司不過是過去和善壹先生走得近了一點，就被外界認為我們和他兒子也有不錯的交情。就算說得客氣一點，我還是只能說這很令人困擾。因為有這種誤解的人不少，所以我希望能好好澄清這件事。」

由於鐵子總帥和善壹先生之間有私人的信賴關係，〈宮門〉自始至終都力挺善壹先生。善壹先生競選黨魁失利，企業紛紛取消捐款獻金時，也是〈宮門〉一直支持善壹先生直到最後。

但在善壹先生過世之後，〈宮門〉的態度有了一百八十度的轉變。翔太郎當時一表示參選，〈宮門〉馬上表示「我方給予支持只是因為信永是善壹先生的好友，在主張的政策上卻是站在不同立場。」提出了終止獻金的要求。從翔太郎當選後層出不窮的諸多問題言行來看，〈宮門〉的決定可以說非常明智——以第三者的角度來看的話。

不過〈宮門〉今天特地找我來簽署這種誓約書，就代表在〈宮門〉眼中，言行引起爭議，下野後更是遠離權力中心的翔太郎，已經不只是毫無價值，甚至可說是負面的存在。

儘管如此，我也不可能唯唯諾諾地聽從鐵子總帥的指示。如果被按著頭簽下這種誓約書，翔太郎本來就低的向心力，只怕會跌到谷底。

「我們公司和漆原議員本來就毫無關係，就算在這誓約書上簽名，也不會造成任何困擾吧。是說善壹先生也真可憐，雖然我聽過他抱怨『兒子可能不適合當政治家。』不過他應該也沒想過會糟糕成這樣吧。」

「請別這麼說，漆原議員也還是有令人刮目相看的優點。」

我泰然自若地提出反論，鐵子總帥對此嘲諷地歪起嘴唇。

「哦？具體來說是怎樣的優點？」

「具體來說……」

只要那個人一出馬，不知爲何總能讓人得到救贖。不論是公園、勛章，或是選舉的時候都是這樣。雖然我還是不知道他到底是一切都在計算之中，或者只是瞎貓碰到死老鼠，不過就這方面來說，應該可以說他身上有當政治家的天賦，擁有成爲善壹先生的潛力。

……不，等等，我可從來沒被救贖過，反而每次都被翔太郎耍著玩。這樣說的話，翔太郎果然還是個笨蛋，只是他任意行動的結果剛好成爲解救別人的契機……但是這樣一來，他就沒有其他優點……

咦？我爲什麼在認眞思考翔太郎的優點？我跟隨翔太郎只是爲了報答善壹先生的恩情，又不是出自我對翔太郎的尊敬，這種時候只要隨便講幾句好聽的話就好了……

面對陷入一陣沉默的我，鐵子總帥付之一笑。

「怎麼啦？結果還是想不出來嘛。」

雖然我只是因爲內心的掙扎才陷入沉默，不過鐵子總帥好像擅自解讀我沉默的原因了。平常的我應該會斷然加以反駁，但不知道是不是受到發燒的影響，我一時無法順利想出反駁的話。

「好了，快點簽名吧。只要是重要協定，我都會和對方交換誓約書，彼此各保留一張內容相同的文件，以防事後再起爭端，這就是我的做法。」

我是在有名的紀錄節目看到鐵子總帥的「工作方式」，那時還對她認真嚴肅的態度感到佩服，現在才發現實際面對時壓力多大。

不過現在可不是被氣氛牽著鼻子走的時候，我拚命轉動因發燒而暈眩的腦袋，試圖想出在不簽名的情況下過關的方法。

「我明白了，我會簽名……啊，真傷腦筋，我沒帶筆。」

「跟老人家開玩笑也要適可而止，你西裝外套胸口上的口袋不就插著一支原子筆嗎？」

「這支筆剛好沒墨水。」

「說歸這麼說，說不定是你以防萬一而做了點小準備，在那支筆裡裝了微型攝影機呢。不過我並不打算做什麼虧心事，所以你大可盡管拍。」

「我怎麼可能做那麼離譜的事情。」

不愧是〈宮門〉的總帥，眞是敏銳。

「總而言之，這支原子筆的墨水沒了，所以沒辦法寫字，真是非常不好意思。簽名的事情就改天再說吧。」

「那你就用我這支筆吧。」

「用您剛才旋轉把玩的筆嗎？真是太折煞我了。」

我自己也知道這理由太過牽強，不過燒得頭昏腦脹的腦袋實在想不到其他藉口。

鐵子總帥投降似地聳了聳肩。

「眞是不死心的傢伙呢，那就用這邊的筆吧。」

她叩地一聲將筆筒放在我眼前的桌子上，裡面插著許多長度款式不同的筆。

「有這麼多筆的話，其中總會有你中意的筆吧。你就挑一支拿來簽名吧，麻煩挑快一點喔。」

「就算您這麼說……」

我正搜索枯腸，努力尋找藉口時，卻看到一支誇張的原子筆，筆蓋上密密地貼滿珠子，宛如貼滿水鑽的手機。在一堆高級原子筆之中，只有這支筆顯得特別格格不入。

「翔太郎看到我拿著這支原子筆的話，不知道會說什麼呢？」

我只是在心裡想想而已，結果卻不小心脫口而出。糟糕，看來我的意識比想像中的還要模糊。

「不過是支原子筆，你要的話就拿去吧，但是麻煩你快點給我簽名。」

在煩躁的鐵子總帥催促之下，我反射性地挺直背脊回答應聲。

一句「遵命」就這樣脫口而出……

二十分鐘之後，我拖著腳步走在白天的街道上。

除了頭痛之外，身體還開始發冷，就連筆直前進都顯得困難重重。

明天開始似乎會開始放晴，但是這幾天都是陰天，氣溫冷得一點也不像九月。此外在大選失利，淪落成在野黨之後，我爲了四處向支持者請求原諒而忙得沒空休息。大概就是因爲這樣，我才會染上感冒。

眞是可恥，這證明我的精神還太過鬆懈……話是這麼講，但是我現在只想盡快躺在床上，於是我拿出手機播了電話。

『您好，這裡是漆原翔太郎議員事務室。』

「小春嗎？我是雲井。」

我向小春交代我因爲身體狀況不佳，所以打算直接回家。

『我明白了，請您保重身體。』

「謝謝，有什麼特別的事情嗎？」

『沒什麼特別的事，議員今天也很安靜。眞要說有什麼事的話，就是警衛因爲示威抗議的預告而增加人手的事情吧。』

「示威抗議？」

『是的，他們抗議的內容似乎是，社會明明這麼不和平，卻還叫什麼社會和平黨，眞是不知羞恥！執政黨不能讓這種黨來當！』

「爲了這種事情就一一抗議，那麼認眞過活的人就要傷腦筋了。」

我和小春簡單地聊了兩三句後就掛斷電話，這時候我早已經抗議示威的事情忘得一乾二淨。

我想都沒想過，日後竟然會被這次示威抗議逼得走投無路。

2

九月十六日。

結果我昨天回家之後，並沒有馬上去睡，而是處理了最起碼的工作後才去就寢，導致病況繼續惡化。今天則因爲體溫超過了三十九度，我只好乖乖請假在家休息。今天就是社會和平黨的板垣新總理發表就職演說的日子，所以我原本無論如何都該去上班，實在是令人沮喪。

我終於能夠從床上起來時，已經是晚上九點了。雖然腳步還是有點虛浮，不過明天應該能去上班了。

發燒讓腦袋熱得頭昏腦脹的時候，我做了一個奇怪的夢。

我夢到翔太郎來我家探病。

「晚安啊，我聽小春講了，聽說你感冒?咦，這支原子筆是怎麼回事?還眞是頗富少女心的裝飾呢。你平常其實是硬裝出冷酷的樣子吧，女性支持者這下要大失所望了。」「我雖然想過『不知道翔太郎會說什麼呢?』不過倒是沒想到會被講得這麼過分。」「我說錯了嗎?」「大錯特錯，這是我今天去〈宮門〉名爲『方室』的特別房間，從鐵子總帥那邊收到的東西。」「既然去了那麼了不起的地方，應該還有別的東西可拿吧?比如說對我的支持之類的。」「請您有所自覺，之所以拿不到是因爲您自己的關係。眞是夠了，這樣感覺體溫又要飆高了，請您回去吧。」「眞是冷淡啊，我還買了壽司給你呢。」「我現在身體狀況這麼差，怎麼可能吃得下壽司？」「那我就吃掉囉，我開動了──」

翔太郎這麼說著，就在躺在床上的我旁邊，大口大口地吃起壽司，最後一臉滿足地離去……夢的內容到此結束。雖然感覺眞實到簡直不像是夢，不過我可不是個自戀的人，以爲不過得個感冒，國會議員就會到家裡來探病。

不過爲什麼我會夢到翔太郎？昨天說不出翔太郎的好話時也很奇怪，不知道是不是高燒的緣故，事情老是怪怪的。

我打開電視，電視上正報導著總理演講的相關新聞。

『現今的民眾會對政治抱持不信任態度，只顧追求私利私慾的自由國民黨應該爲此負起責任……』

『黑色三月後的經濟蕭條，原因必然是自由國民黨的政策失敗……』

『年輕人之所以會對未來不抱希望，自由國民黨的毫無作爲應該爲此負起全責……』

我一邊聽著演講，一邊打開筆記型電腦，在網路上檢索演講的全文。日京報社的網站上刊出了全文，我迅速地看了一遍，演講果然自始至終都在批評自由國民黨。雖然長度長得令人咋舌，但演講內容竟然完全沒提到社會和平黨未來打算怎麼做，別說是具體政策，就連大方向都看不到。

這樣的演講眞是不像話，他們仍然停留在自己是在野黨的心態。

以自由國民黨爲首，其他在野黨的政治家似乎也抱持類似看法，發表了評論，「搞不清楚社會和平黨未來想要做什麼。」、「沒有正視國民需求。」、「完全無法打動人心。」人民的反應也都是類似的評論。

照這個樣子，人民遲早會對社會和平黨感到幻滅，支持率也會急速下滑，距離自由國民黨重回執政黨寶座的日子也就不遠了。直到那一天之前，我必須把翔太郎培育成一位能夠獨當一面的政治家才行。

我重新下定決心，打算關上筆記型電腦時，一行文字跳入我的眼前。

〈漆原翔太郎等人的訪問（影片）〉

原來是訪問影片啊。雖然有常識的人一看到翔太郎的名字，可能會大皺眉頭，不過翔太郎說起來仍然算是矚目焦點。日京報社大概是打算賺取點閱數，才採訪了翔太郎吧。

……不過現在根本不是悠哉地想著這些的時候，翔太郎竟然在我不在的時候接受訪問？

一陣比感冒還要惡劣的寒意爬上我的背脊，我點開那行不祥的文字。連結點開後是《日京新聞》的新聞影片網站，影片中的背景是議員事務室內的議員室，翔太郎微皺眉頭，畫面從正面映著他的端正五官。翔太郎只要不說話，就是個無挑剔的俊美青年，但是這個男人卻挑了一個必須開口說話的職業。

老天保佑，請讓翔太郎只說了其他政治人物也會說的不當發言。

我抱著連我自己都覺得過於負面思考的願望，開始播放影片。

『從板垣新總理的演說中，我完全感受不到執政黨未來到底想要做什麼，內容絲毫沒考慮到國民的需求，我只能說這是一場無法打動人心的演說。』

翔太郎講完這段話後輕輕地撩起頭髮，影片中翔太郎的部分就這樣結束了，接下來則是其他政治人物出現在畫面上，對就職演說大加批判。

……翔太郎也是做得到的嘛。

我第一次看到翔太郎在訪問中表現得這麼四平八穩，雖然評論內容太過中規中矩而讓我有點在意，不過我的心情在放下胸口的大石之後頓時鬆懈下來。

我再一次播放訪談的影片。

『從板垣新總理的演說中，我完全感受不到執政黨未來到底想要……』

這不是夢，也不是幻覺。

翔太郎沒有任何不當發言。

議員室的窗簾是關起來的，代表訪問應該是晚上。總理的演講是從下午兩點開始，看來訪問還隔了滿長一段時間嘛，不過報社的人那時應該也正忙得不可開交吧。我單純地這麼想，並不覺得這件事特別奇怪。

我絲毫沒有想像到，一天之後會因爲窗簾的這件事情，而被逼得走投無路。

九月十七日。

這一天延續昨天的天氣，依舊是大好天氣。

我在眾議院議員會館的七〇七號室，和小春討論今天的時間表。一之瀨一到，就對小春說「要去國會圖書館查東西」而出門了。翔太郎的指導依舊毫無成效，一之瀨最近甚至連眼神都不想與我對上，讓我實在有點看不下去。不過今天自由國民黨整體飄散的高昂情緒感似乎還是對他有所影響。

板垣新總理的演講評價比預期的還要差，不論是晚間新聞或是今天的早報都在大加撻伐。其他黨內大老也都爲了這久違發動攻勢的機會摩拳擦掌，翔太郎只要把握這次機會，也有希望挽救名聲。

就在我心情激動的時候，有人大力推開事務室大門。

「早安。」

「怎麼了，橘？連門也沒敲，不太像平常的你啊。」

「今天早上有哪家報社來過嗎？」

橘沒回答我的疑問，自顧自地拋出問題。我回答「沒人來過。」之後，他的臉上浮現安心般的笑容。

橘佑樹是《每經新聞》的政治部記者，是一個會緊咬著採訪對象不放，接連捕捉到重大新聞的能幹記者，其他報社的記者視他爲勁敵。不過，他卻經常來事務室露臉，算是個少見的記者。

由於和議員及秘書閒聊時，記者有機會從對話中的蛛絲馬跡抓到獨家報導，所以政治部記者走訪議員事務室不是什麼怪事。但是並未身居要職，只有問題發言才會成爲話題的翔太郎，則無法提供什麼有價值的新聞。翔太郎對八卦雜誌或是脫口秀而言，或許是上好的話題，但是對大報社的政治部記者來說，根本算不上有價值的對象。

即使如此，橘還是頻繁出現在到這裡，個中原因據說是小春（直到翔太郎告訴我之前，我完全沒發現）。聽他這樣一說，橘似乎經常在只剩小春的時候來訪。和記者親密往來，最後墜入情網的女性秘書不在少數。不過小春應該不會這樣，因爲她仍然對翔太郎一往情深，似乎甚至沒發現橘對她的心意。

大概是打著擒賊先擒王的主意，橘和翔太郎也處得不錯。前幾天還針對「金髮的性感美女和銀髮的苗條美女之間，哪一個比較有魅力。」這種無聊的主題，討論了好長一段時間。

「漆原議員現在人在哪裡？」

「他去洗手間了，你找議員有事嗎？」

「這個嘛……我想要針對下次要寫的以善壹先生爲主題的連載報導，向議員請教幾個問題。」

橘和我一樣崇拜著善壹先生，總是將「我要將善壹先生的豐功偉業傳達給後世。」掛在嘴上。而他的第一步，據說就是提出在《每經新聞》上進行短期連載集中報導的企劃，內容則是善壹先生的功績。不少自由國民黨的議員對此感到不愉快，覺得「這傢伙淨寫些偏向社會和平黨的帶風向報導，根本沒資格寫漆原善壹的報導。」不過一碼歸一碼，兩件事不能混爲一談。

「你要訪問議員，意思是說你的企劃通過了吧。」

「不，也不是那樣。」

「還沒通過嗎？那爲什麼現在要訪問？」

「我這樣果然太猴急了嗎……啊，對了，〈宮門〉的鐵子總帥似乎爲了尋找開設實體銀行的地點，而在全國到處飛來飛去。對於這間足以代表日本的企業，議員對〈宮門〉的未來有什麼見解嗎？」

「漆原議員和〈宮門〉毫無關係，所以不予置評。」

畢竟我前天才被迫簽下了要我這麼回答的誓約書。

「說起來，你應該也知道〈宮門〉和議員保持距離的事情吧？」

「呃，這麼說也是呢，我都忘了……啊，這麼一說，雲井先生，之前《眞實周刊》舉辦了『由國會女性職員票選而出！最想擁抱的議員秘書！』的排行榜，雲井先生當選第一名，請問你對此有什麼想法？」

「『身爲秘書卻過度高調，我感到十分慚愧。』我上星期應該已經這麼回答過了。」

「女性讀者表示雲井先生就是這種禁慾克己的地方吸引人……」

「看來事情有點蹊蹺。」

我打斷橘的閒聊。

「你眞正的來意是什麼？」

「可以的話，我想直接和議員談。」

「那就透過我代爲傳達吧。來吧，請說。」

「那可……」

橘吞吞吐吐的時候，翔太郎剛好從洗手間回來。

「哎呀，這不是橘嗎？早安啊。」

那一瞬間，橘的眼神變了。

那是獵食者看到獵物的眼神。

「早安啊，議員，其實我這邊接到了一通線人的電話。」

「線人的電話？」

翔太郎用悠哉的口氣重覆了一遍，橘眼底閃著光芒，點了點頭。

「那位線人竟然說漆原議員接受訪問，針對板垣新總理的演講發表評論的日期是十五日，也就是說，是在新總理演說的前一天。」

他剛剛說了什麼？

3

待客室內，我和翔太郎並排坐在橘的對面，小春則坐在靠近門的坐位，一臉不安地看著我們的對峙。

橘打開筆電，播放翔太郎的訪問影片。

『從板垣新總理的演說中，我完全感受不到……』

「昨天深夜，我接到了一通匿名電話。雖說**聽起來還算可以相信**，但我最初還是有點半信半疑。就算是漆原議員，也不可能對前一天的演說發表感想評論。」

半信半疑的話，意思是說一開始信了一半嗎？

「不過一再觀察影片之後，我的疑惑逐漸轉變爲確信。」

「能說說你的根據是什麼嗎？」

場面交給翔太郎的話，不知道他會說出些什麼，所以我率先開口。

「我的根據有三點，第一點是評論的內容。內容太過保守，一點也不像漆原議員。雲井先生難道不這麼覺得嗎？」

「不，我並不這麼覺得，畢竟議員也不可能一直都是個問題政治家。」

雖然我的確這麼覺得，不過老實說出來的話，就等於是做球給對方殺。

「但是這種感想，就算沒聽過新總理的演講也說得出來。」

「這麼說就不對嘍，橘。」

翔太郎筆直地豎起拇指，臉上掛起微笑。

「應該說，對於新總理的演講，大多數政治人物都只發表就算沒聽也能說得出來的評論。」

「漆原議員只是發表了和其他政治人物一樣的評論而已，如果你的說法是眞的，那就代表所有發表中規中矩評論的政治人物，都是在演說的前一天就接受採訪了。」

我強裝平靜回應，努力假裝翔太郎剛才不曾說出那句話。

「原來如此，那麼接下來是第二點根據。」

橘再次播放影片，在翔太郎撩起頭髮的地方按下暫停。

「議員的袖口有一瞬間露出了手表，從指針位置來看，可以看出當時是下午四點半，但是議員室的窗簾卻拉上了。十五日是陰天，但根據天氣預報，從隔天起會開始放晴，所以這可以推測是避免天氣洩漏日期所做的安排。」

四點半的確算是拉窗簾還稍嫌太早的時間……

「你覺得呢？」

「四點半拉上窗簾並不是什麼奇怪的事情。」

我一邊裝出無動於衷的表情，一邊凝神盯著螢幕。翔太郎的手表在數字盤下方會顯示日期，只要上面顯示的是「16日」……不過影片解析度太低，不管看得多仔細都看不清楚日期。

「不愧是雲井先生，眞是冷靜。那麼不知道你會怎麼看待第三點根據呢？」

橘充滿自信地操作筆電。

「仔細一聽，就可以聽到議員的聲音之中混進其他雜音，所以我試著分析那些雜音並改善了音質。請聽聽看吧。」

橘點擊播放了聲音檔，我只能聽到微弱——真的非常微弱的聲音，但是聽起來就像是許多人正在齊聲高喊。

「外面似乎挺吵鬧的。」

「只是這樣而已嗎？

『要求社會和平黨改名！』、『要求改名！』聽起來是不是有點像在這麼喊呢？」

橘再一次播放聲音檔。雖然聽不清楚，但聽起來……的確像是聲音中混雜著「社會和平黨」這個詞。要求社會和平黨改名的這個聲音是……小春好像也察覺到了，她倒抽一口氣似地捂著嘴。

「看來你們都注意到了，沒錯，這聲音是十五日當天的反社會和平黨的抗議示威行動的口號。而總理的演講明明是十六日，卻出現了抗議民眾的口號，這不是很奇怪嗎——不過我也沒資格擺出了不起的樣子，畢竟我也是聽線人講解後才知道。

根據以上三點根據，證明了漆原議員接受訪談的時間是在總理演講的前一天，也就是十五日，你們認同這個結論嗎？」

「沒什麼好認同不認同的。」

我雖然感受到情勢不妙，但還是爲了隱藏不利局勢而露出微笑，將話題轉向小春。

「議員接受訪談的日期應該是十六日，對吧？」

「這個嘛……」

小春露出困擾的表情。

「十五日跟十六日這兩天，我爲了處理議員交代的事情，下午都外出了……」

「因爲支持者從Z縣到東京來觀光，我就請小春帶路導覽了。」

翔太郎彷彿事不關己地回答，我看向他。

「那麼一之瀨呢？他應該在您身邊吧？」

「我讓他去參加研討會了，因爲我想請他研究一下朝野之間有沒有哪方面可以共同攜手合作，所以他十五日、十六日下午都不在。」

……這個傢伙，根本沒有存在意義吧？

「正當我一個人閒得發慌的時候，《日京新聞》的影片組剛好經過走廊。我向他們打聲招呼，他們就找我訪問啦。」

橘從鼻子哼笑一聲。

「剛好一個人，也就是說您那邊一個證人也沒有嘍。」

「你沒聽到議員說的話嗎？採訪議員的是《日京新聞》的影片組，你只要去問他們，他們就會證實訪問是十六日進行的。」

「我已經問過他們了，不過他們當然一口咬定訪問是十六日進行的，他們也不可能老實說出實際情況吧。順便一提，完全沒有任何客觀證據，可以證實訪問是十六日進行的。」

「不愧是幹練的記者，動作眞快。」

我雖然酸了他一句，內心卻十分焦急。

間接證據一應俱全，再加上沒有半個可以證實訪問日期是十六日的證人——一般記者可能會一笑置之的線報，橘卻無比認眞地取證、調查到這個地步。他說的這個「値得信賴」的線人到底是何方神聖，又密報了什麼事情？

我突然想起宇治家秘書對橘的評論。

那是九月十四日，我被鐵子總帥叫去見面的前一天。上東京來的宇治家秘書邀請我到高級餐廳的包廂碰面，雖然宇治家秘書說要請客，但有外送壽司一事這個前車之鑑，我還是在皮夾裡多放了點錢。

畢竟宇治家秘書至今仍然尙未還我先前墊的錢。

「哎呀，眞是傷腦筋啊。板垣新總理拜託我上東京來一趟，說是『在野黨只顧著批評執政黨的話，根本毫無建設性。爲了國民著想，希望你能幫忙打造朝野合作的環境。』明明自己一直以來都在批評執政黨，可眞是厚臉皮。我就罵他『事到如今根本不可能達成朝野和睦相處的情勢，你竟然希望我搭車上來打造一個朝野合作的環境？』」

「請不要用冷笑話斥責一國的總理。」

「他就是一個分量輕到可以拿冷笑話斥責的總理。他身爲領導國家的人，卻爲了這種小事叫出區區一個秘書，簡直是可悲。我可是正爲了Z縣的知事大選忙得不可開交呢。好了，我們來談機密等級IV的事情吧。我之所以叫你出來，就是想談關於知事大選的事。」

宇治家秘書說完，便取出刊載政見的選舉公報。

Z縣知事大選候選人是名為小笠原久信的小說家，是宇治家秘書的朋友。他才剛過五十歲，一頭瀟灑灰髮和鬍髭的外表充滿男性魅力。他在女性讀者之間頗受歡迎，也經常在媒體上亮相。不過老實說，我並不喜歡他以推理懸疑風格包裝青春小說或戀愛小說的作法，每次讀他的作品都彷彿聽得到「快給我哭，這裡是催淚點。」的作者聲音，讓我非常難以投入。

小笠原這個人除了小時候曾經在Z縣住過短短的一陣子之外，和Z縣並沒有什麼淵源。簡單說就是只想進入政界的典型空降部隊，並不是抱有什麼理想或理念才決定參選。

小笠原大概判斷這部分是弱項，所以在選舉公報上條列出Z縣的地區振興政策。在那些政策之中，有一條關於「地區貨幣Z幣（暫稱）」的項目。上面寫明小笠原打算繼承善壹先生的構想，積極參與地區貨幣相關的所有決定。

「我判斷只要祭出善壹先生精心打造的政策，就能夠吸引選民的興趣。」

宇治家秘書敏銳地察覺出我的視線落點。

「現在實行的可能性比善壹先生生前還要高，而且經過黑色三月之後，全球化的弊害遭到前所未有的強烈指責，地區經濟的再生則重新受到重視。一部分政治家和經濟學者進行了地區貨幣的社會實驗，結論是地區貨幣應該推展到全國各地實施。因此我希望阿翔千萬不要來幫忙造勢，畢竟當初他反對地區貨幣的構想，如果出現在造勢會場上，可以說是有百萬害而無一利。」

「害的量也太多了。」

「這個數字非常適當。」

宇治家秘書毫不猶疑地如此斷定。

「小笠原和我是老朋友了，聽到他說想要進入政壇，也是我推薦他出馬參選Z縣知事大選。畢竟比起突然投入國家政治，地方自治比較能夠好好讓他發揮實力。身為他的推薦者，我當然希望他能當選。此外，還有另一個只能算得上是順便而已的好處，他當上知事的話，應該會對我言聽計從吧。」

「您重視的很明顯是在『此外』之後的部分吧。」

「也許吧。要等到阿翔出人頭地，說不定到時我都進棺材了。說起來，他搞不好根本不會出人頭地，所以我想倒不如自己培養一兩個傀儡知事好了。為了守護Z縣人民的生活，這是最乾脆的方法。」

這種露骨的話，眞希望宇治家秘書說出口之前能再猶豫一下。

「我為此拚死拜託社會和平黨的前秘書長蜂須賀信造、東堂不動產，甚至還取得了〈宮門〉的支持。尤其是鐵子總帥，我不知道對她低頭拜託了多少次，但是阿翔出現的話，一切都可能瞬間化為泡影。」

「不過漆原議員在之前的選舉可是取得了壓倒性的勝利，有他到場也許會比較好取得縣民的支持。」

「那只是他運氣好，而那份運氣應該也在他那一番『耐心關注社會和平黨吧』的發言上耗盡了。」

我無法有任何反駁。

「更何況阿翔甚至不被政治部記者當一回事，就算找這種人來演講助選，也沒什麼意義。」

「不過《每經新聞》政治部的橘可是經常來拜訪議員喔。」

「你今天挺爲阿翔說話的嘛？」

「沒、沒這回事啦……」

「你爲什麼要臉紅啊，而且橘的目的應該是爲了追小春吧。」

說完這句話之後，宇治家秘書的面色變得有些嚴峻。

「橘眞的那麼常拜訪阿翔嗎？」

「是的，他似乎想寫善壹先生的生平傳記。他首先打算在《每經新聞》上，進行短期連載。如果順利的話，企劃會在十月下旬或十一月上旬開始，一旦確定了，他應該會更常出現在漆原議員……」

「別太大意比較好。」

宇治家秘書用嚴厲的聲音打斷我。

根據宇治家秘書的說法，橘是非常想要往上爬的記者。他只要聞到政治人物的醜聞就會變成瘋狗，將筆桿的力量發揮得淋漓盡致，進行徹徹底底的攻擊。他就是靠這種行動，一路爬了上來。說得極端一點，對橘來說，政治人物就是「出人頭地的踏板」。不管是對象是私交多好的政治人物，這點都不會有任何改變。

「唯一的例外是善壹先生，畢竟他是人格完全無可非議的人嘛。但是不管怎麼說，阿翔還是阿翔，他是善壹先生的兒子，和善壹先生是完全不同的兩個人。橘現在只是衝著小春，才和阿翔處得融洽，一旦被他盯上就麻煩了。他只要抓到機會就會變一個人，千萬不要大意。」

——我現在才感受到宇治家秘書那番話的重量。

我應該更加警戒的，和橘建立起融洽關係，卻被他抓住醜聞而遭到逼退的政治人物明明不只一兩人。說到「因爲《每經新聞》的偏頗報導而落選了。」因此滿心怨恨的自由國民黨議員更是不下十人或二十人。

「當然是金髮豐滿美女比較好啦，只要看看瑪麗蓮夢露就知道了。」、「不不不，還是銀髮苗條美女啦，比如說……」就算兩人交情好到會聊起這些無聊話題，他們終究是政治人物和記者，橘隨時可能露出獠牙咬人一口。

更何況橘還崇拜著善壹先生。

在他的內心，不可能不會爲了翔太郎的白痴言行感到不愉快。

「不好意思，漆原議員，請您不要玩手機，好好和我說話。」

橘的聲音讓我回過神。

翔太郎不知何時拿出了手機，悠哉地操作著手機。從手指的動作來看，他應該是在打簡訊。雖然不知道翔太郎想發簡訊給誰，不過眼下狀況這麼棘手，他竟然還有那個閒情逸致發簡訊？

「那是iPhone吧？您既然身為這個國家的政治家，就該使用國產貨嘛，議員。」

「雖然你這麼說，不過有蘋果商標的產品實在太讚了，我連隨身聽也是用iPod喔。它的體積小巧，可以放在各種地方，讓我非常中意，品質可說是遙遙領先其他產品。」

「國產品公司的高層聽了這番話，應該會非常生氣吧。」

「我可不是討厭國產品喔，我接在iPod上的喇叭就是國產品。它和iPod一樣小巧，但卻能發出非常具有臨場感的聲音，簡直可說是傑作。為了國民，我也是盡可能使用國產品。」

「眞是令人敬佩的心意，那麼請您為了國民，回答我的問題吧。您是在總理演講前一天的十五日接受訪問，對吧？」

我和小春一起緊張地注視著翔太郎。

沒問題的，翔太郎在講歪理和找藉口上，毫無疑問地是個天才，所以他這次一定也能成功過關。他剛才事不關己地打簡訊，一定是他游刃有餘的表現。

我抱著祈禱的心情盯著翔太郎，只見他收起iPhone。

「但是就如同雲井所說的，我的評論和其他人沒什麼兩樣，所以我的感想也不算保守得特別奇怪。」

翔太郎回答得含糊籠統，一點也不像翔太郎平常的風格。橘的嘴唇緩緩扭曲了起來。

「我明白了，關於感想保守的部分，就當作這麼回事吧。所以到底是怎麼樣？您接受訪問的日期是十五日嗎？不，應該就是十五日吧，窗簾不但拉了起來，還聽得到示威抗議的口號。」

「拉上窗簾是因爲我覺得這樣比較有氣氛，而口號也只是聽起來像那麼回事，實際上搞不好根本不是示威的口號，而是不知哪裡來的年輕人們，爲了發洩無處可去的精力在放聲大喊而已。」

「眞是牽強的說法啊，也就是說，您接受訪問的日子是十五日吧。」

「唉～你要這樣擅自認定，我也很難回應啊。」

「看來您有什麼隱情，讓您不想說出接受訪談的日子呢。」

橘的推測恐怕沒有錯。

翔太郎不可能回答「十五日」。雖然他至今爲止不知說過多少不當發言、做過多少離譜行徑，但這次情況不同。從黨內高層來看，不只是趁勝追擊的機會飛了，更是讓社會和平黨有機可乘。到時高層一定會在激怒之下，要求翔太郎辭職。

這件事只要回答「十六日」就能夠解決，但是看著翔太郎不斷顧左右而言他的表現……我不願這麼想，但我只想得到翔太郎是爲了避免在回答「十六日」之後，卻被拆穿訪問是在十五日時，陷入更糟糕狀況……除此之外，我想不出其他翔太郎無法回答「十六日」的理由……

翔太郎好不容易才重獲議員徽章，難道他的議員生命就要在此結束了嗎？

4

「不好意思，我去一下洗手間……」

小春落荒而逃似地離開房間，離席時她臉色慘白，原本嬌小的身軀看起來縮得更小。

「她大概是承受不了這緊張的氣氛吧，眞是可憐。哎，如果她因爲漆原議員辭職，丟掉工作，那我就負起責任照顧她吧。」

橘貧嘴地說完，再次轉向翔太郎問：

「所以您就安心回答吧，議員，您接受訪問的日期是？」

「我在人生中第一次接受訪問，是在父親過世後，我表明自己將繼承父親衣鉢競選議員的那一天，那應該是去年十月的事情，距今過了將近一年了。」

「您是試圖用老故事打馬虎眼嗎？」

「你在說什麼？所謂的老故事應該是用『很久很久以前』開頭，而我的故事則……」

「眞是不乾脆啊，漆原議員。」

橘的眼光變得更尖銳。

「我一直忍著不說這些話，但是您一直任性妄爲，汙辱善壹先生的名譽，起碼在最後表現得痛快一點如何？民眾雖然會傻眼，但還是會接受吧，『那個漆原翔太郎的話，的確可能會做出這種白癡舉動。』」

「你不但講不聽，還有嚴重的偏見，如果是新聞報導的話，應該可以控告你誹謗名譽吧。」

聲調雖然沒什麼變化，但是翔太郎的身子明顯地往後退縮了。他畏縮了，我沒看錯，翔太郎被逼得走得無路了。

我全身的血液瞬間衝上腦袋。

——橘，你給我適可而止，別讓我看到這樣的漆原議員。就算要將漆原議員逼到這種程度，也只有我才可以。

發覺自己差點衝口喊出這些話的時候，我打從心底感到驚愕，我竟然抱著這種「不想將魯邦三世交給任何人的錢形警探」的心情。這樣一說，我昨天也夢到翔太郎來探病，該不會我其實……

在內心深處喜歡著翔太郎？

……冷靜下來，雲井進，你是世界上切換心情最快的秘書。

剛才的只是……一時錯亂，對，一時錯亂。剛才我會腦充血，只是因爲讓翔太郎的議員生命就此結束的話，我就沒臉面對善壹先生了。我會跟隨翔太郎，只是爲了報答善壹先生的恩情，絕對不可能是因爲我對翔太郎本身抱有好感。

我拚命說服自己，好不容易才重振精神。

同時，我也發現到橘主張的十五日說法的盲點。

那就是動機。

正如橘形容這件事時所用的詞「白癡舉動」，在總理演講的前一天發表評論，對翔太郎而言沒有任何好處，甚至可說只有露餡時的壞處。不論是多笨的人應該都知道這種程度的事情，《日京新聞》也沒理由協助這種行爲。

所以翔太郎接受訪問的日子，還是推斷爲十六日比較合理。

除此之外……

「告我嗎？好啊，想告就告。只是在那之前，請說出您是哪一天接受訪問吧。請像個男人，抬頭挺胸地說出來。」

橘只是一味逼翔太郎回答問題，卻沒有其他新花樣，代表他除了剛才舉出的三點根據之外，已經沒其他招可出了。他現在雖然目中無人地步步進逼，但走投無路的其實是他自己。這樣一想，我就覺得橘的表情看起來似乎愈來愈失去餘裕，大概是絲毫不打算鬆口的翔太郎，讓他開始感到焦急了。

我雖然在意翔太郎爲何說明訪問的日期是「十六日」，但是我剛才的推理沒有任何破綻，所以我此刻應該自信十足地說明自己的主張。

「你差不多該適可而止了吧，你只是被線人的惡作劇電話耍了。趁現在收手的話，議員還能夠原諒你的無禮。」

「橘可是一早就特地來這裡一趟，你也不需要用那種方式講話吧，雲井？」

「您以爲我是爲了誰才這麼說的啊？」

「我並沒有被任何人耍，我可是好好地準備了三點根據喔？」

與強硬的台詞成對比，橘臉上的從容開始崩落。

我趁勝追擊。

「你提出的第一點根據，是評論太過保守，對吧。雖然是老調重彈，以你的論調來說的話，就會變成發表保守感想的政治家全都是在演講之前接受訪問。關於第二點的根據，議員已經說明過，拉上窗簾是爲了營造氣氛。再來的第三點根據，示威口號說到底也不過是『聽起來好像也不是不能這麼說』的程度，根本當不了證據。」

「你眞要這麼說的話，就再來聽一次聲音檔吧，我這就再播放一次。」

「這只是無意義的拖延時間，你才是死到臨頭還在掙扎吧。」

「但是……」

橘正試圖做垂死掙扎的時候，小春回來了。與離去時相比，她的臉色似乎好了不少。

「我去向警衛確認過了，十六日的下午四點半左右，雖說只是小規模，但還是有示威抗議的活動。因爲當天是總理演講的日子，所以示威抗議的行動沒獲得批准，不過因爲示威群眾似乎事先在網路上預告『無法原諒社會和平黨，所以要強硬執行，』警衛已有事先準備，所以示威群眾很快就解散了。」

洗手間只是表面上的藉口，其實是去調查當天有無示威民眾嗎？不愧是小春。

橘的雙眼睜得大大的

「讓我訂正一下吧，橘。影片中混雜的聲音看來的確是示威的口號，但是不是十五日的示威活動，而是十六日的。如何？這樣你應該心服口服了吧。還要再繼續胡鬧的話，我們也有所考量，麻煩你快點離開吧。」

彷彿在等待我的話聲結束一般，我一說完，房間中就響起手機的簡訊音。

「不好意思，」

橘從上衣內側的口袋之中取出手機，凝視著螢幕一會兒，最後長長地吐了一口氣。

「漆原議員，雲井先生，非常遺憾。」

橘的臉上浮現令人厭惡的得意笑容，身體往後靠。

「為什麼說非常遺憾？」

「剛才雲井先生曾經說我在拖延時間，對吧？你說得沒錯，我是在拖延時間。我在等第四點的根據——也就是這張圖檔。我現在轉發給你們。」

橘的拇指迅速地按下手機按鍵，我的手機隨即收到一封簡訊。我抱著懷疑的心情，點開了簡訊夾帶的檔案。

圖片在手機螢幕上顯示出來的時候，我全身僵硬動彈不得。

螢幕上的是翔太郎的手表特寫。表面上先前不管怎麼看，都是一片模糊的日期，變得足以辨別。雖然還是不太清楚，不過已經可以看得出數字。

「我拜託擅長這方面的朋友，幫我提高圖片的解析度。本來應該會花上不少時間，但是我硬是拜託朋友優先幫我處理。其實我應該等到結果出來之後，再上這裡拜訪。不過線人不一定只把情報告訴我一個人，而我寧可賭一把也不願被其他報社搶先，所以就先用比較薄弱的證據挑戰看看。雖然是一場豪賭，不過看到那張圖後，相信你們很清楚，是我贏了這場賭注。」

就算我再不情願，也不得不承認眼前的事實。

表面上的日期顯示著「9月15日」，正是總理演講的前一天。

說不定是手表顯示的日期錯亂了……我抱著淡淡的期待望向翔太郎的手表。

表面上顯示的「9月17日」無情地打碎我的希望。

「沒錯吧？的確很令人遺憾吧，雲井先生？這才是證明訪問是在十五日進行的決定性證據。」

我克制不要露出狼狽的樣子，瞥向翔太郎。

「嗯哼。」

翔太郎毫無危機感地應了一聲，手抵著下巴。

他明白再這樣下去，他的議員生命就要結束了嗎？

「好了，這樣就證明了漆原議員接受訪問，的確是在總理演講的前一天。爲什麼你要這麼做？請告訴我動機是什麼。」

橘露出勝利的得意表情，手上拿著筆和記事本。

一切都結束了——不，還沒。不論翔太郎究竟是天才還是傻瓜，雖然評價兩極，但是最後能夠笑的人必定是翔太郎，接下來才要決勝負……不過這次和之前的情形不同，翔太郎幾乎一直採取守勢，總覺得他似乎沒有什麼幹勁……該不會是因爲我這次沒有發表錯誤推理吧？這樣一講，在我印象之中，翔太郎的逆轉秀每次都是在我出糗之後才上演。

沒辦法了。

就讓我說出一番足以讓我畢生蒙羞的荒唐推理，這麼一來，翔太郎也會拿出幹勁，進入認眞模式。

——冷靜下來，雲井進，你可是世界上最糊塗的秘書。

我對自己下了今天內第二次的自我暗示，準備開口發言時，房間內響起了手機的簡訊音。

5

我以為又是橘的手機，卻猜錯了。

「哦，來了來了。」

響起簡訊音的是翔太郎的iPhone。雖然不知道究竟是什麼東西來了，不過現在先來到眼前的明明是危機。

翔太郎對我責難的眼神一無所知，只是專注地盯著自己手機的螢幕，過了一會兒，才滿意地點了點頭。

「我接受訪問的日子是十六日。」

這句宣言太過突然，在場眾人一時之間沒能領會，全都當場愣住。

「……您事到如今才在說什麼？」

最先回過神的是橘。

「您接受訪問的時間應該是十五日的下午四點半，我手上還有證據可以證明。」

「那個時間我有不在場證明（Alibi）。」

不在場證明。

說得更詳細一點，就是「當時不在現場的證明」。這個詞在推理作品中經常出現，是表示事件發生時人在別處的證明，也是清白與否的決定性證據。

翔太郎有不在場證明的話，的確就能證明翔太郎接受訪問的日子就不是十五日。

「等等，您有不在場證明的話，請在一開始就說出來！」

「可以的話我也想早點說」翔太郎一邊露出苦笑，一邊將iPhone的螢幕轉向我。顯示在螢幕上的是一封簡訊，內容如下：

〈似乎給你造成困擾了，眞是抱歉。讓翔太郎老弟爲這種事遭到懷疑的話，我也過意不去，所以我的事可以說出來唷！反正我都隱退了嘛（^_^;）　小甘〉

「這封感覺很親密的簡訊是什麼？然後小甘又是誰？」

沒想到到了這個節骨眼，竟然又蹦出奇怪的登場人物。我壓下隱隱的頭痛詢問翔太郎，翔太郎則用理所當然的口氣回答：

「當然是前總理啊，甘利虎之介前總理。」

前總理？我把iPhone的螢幕拉到眼前，重新看了一遍上面的文字。

……不行，我不管怎麼看，都不覺得這像曾經擔任一國總理的人所打出的簡訊。

「這個眞的是甘利前總理的簡訊嗎？」「我剛剛不就這麼講了嗎？甘利虎之介，略稱小甘，挺可愛的暱稱吧。」「請轉告前總理，取暱稱時應該考慮一下自己的年齡和性別。說起來，爲什麼您會和前總理互傳簡訊？您直到最後都反對前總理解散內閣，被他討厭都來不及了，怎麼會發展成互傳簡訊的交情？」「他就是看上那一點，對我感動地說『願意認眞理睬我的人就只有你了。』於是我們就在大選前成爲互傳簡訊的朋友了。」

只因爲這種原因，就和翔太郎發展成互傳簡訊的交情，那也難怪甘利前總理會在大選上落選了。

「也讓我看看。」

我對抗著愈來愈難以抑制的頭痛，將iPhone遞給橘。橘像是要吃掉手機似地緊盯著簡訊。

「……我現在清楚甘利前總理和漆原議員是會互傳簡訊的朋友了，不過這和不在場證明有什麼關係？」

「十五日下午四點半左右，那時的我正在照顧喝醉的甘利前總理。那天店裡的人打電話給我，說甘利前總理喝醉了，一直吵著要叫漆原翔太郎來，所以想請我去店裡一趟。我到店裡一看，發現他眞的醉得一蹋糊塗，眞是拿他沒轍啊。」

從大白天就喝悶酒，還叫自己黨內毫無關係的年輕議員出來——原來那個傳聞是眞的嗎？

「甘利前總理退出政壇的方式，就已經爲他留下了不光彩的紀錄，我不忍心讓他的醜聞再添一樁，所以決定得到他的許可才講出這件事。剛剛我就是發簡訊去問他這件事。」

我剛才還想翔太郎在這個緊要關頭還發什麼簡訊，原來是這麼一回事啊。

自己明明有不在場證明，翔太郎卻爲了甘利前總理而閉口不說。如果甘利前總理不肯同意，說不定自己就會這樣蒙受不白之冤。

我的眼眶隱隱發熱。

「只有甘利前總理作證還不夠的話，你也可以問問店裡的人，他們應該會爲我作證，所以說我的不在場證明是成立的。」

「等一下，」

橘的聲音帶著顫抖，看得出來他這次眞的無招可出了。

「難道不是你給了什麼好處，收買他們當你的證人嗎？畢竟手表上的日期可是顯示『15日』喔。針對這一點，您又打算怎麼解釋？」

「應該是光線造成的錯覺吧？數位顯示的『5』和『6』本來就挺像的。」

「怎麼可能！」

雖然橘用堅定的語氣反駁，但是他再次看向自己的手機，顯得有點不安。

「橘，議員說的沒錯。十五日的說法已經被推翻了，這次你就乖乖認輸吧。」

橘狼狽地盯著翔太郎的iPhone和自己的手機。

「……原來如此。」

橘最後從喉嚨擠出聲音：

「你對手表上的日期耍了花招吧，爲的是讓十六日接受的訪談看起來像是十五日的事。密報電話也是自導自演，動機就是爲了讓我丟臉，也就是對我的報復，因爲你怨恨我害自由國民黨在大選中落敗。」

橘說出「讓我丟臉」時，眼神一瞬間瞥往小春的方向。

「明明是你自己上門找議員麻煩，你的被害妄想也太嚴重了吧。」

「善壹先生的傳記要延期了，我要傾注全力來算這筆帳。不過如果被我查出議員是在十五日接受訪問，我也會暫時沒時間寫傳記吧。」

橘對我的話置若罔聞地烙下狠話後，風風火火地出了房間。

「我去和橘先生談一下，他應該是有什麼誤會。」

小春露出同情的表情。

還是別這麼做吧，因爲橘喜歡妳，被妳安慰的話反而會更消沉。

我還在猶豫該不該明白地講出來，翔太郎就早我一步開口。

「妳就去安慰他吧，有勞妳了。」

小春點了點頭，要出房間時又停下了腳步。

「您掛念甘利前總理的心意當然很好，但也請您好好重視自己。」

小春耳語一般地低聲說出這番話，然後追在橘的身後出了房間。雖然小春不曾轉頭看向這邊，她的脖子卻泛著明顯的紅暈。

「小春說得沒錯，遇到這種情形的時候，請您優先考量自己的事情。」

「但是友情可是生長遲緩的植物，我得好好呵護才行。」

和退出政界的前總理之間的關係，即使細心呵護也沒什麼好處，不過似乎不應該否定翔太郎的這一點。

「只是橘自己跑來找碴，最後還烙下那些狠話，看來毫無反省之意，還是向每經新聞鄭重提出抗議比較好吧。」

「不需要做到那種程度，只是正義必勝而已。」

翔太郎一臉毫不在意地走進議員室。

「話可不能這麼說，橘一定會懷恨在心。他說不定不只針對您，還會打探您的家人的各種情報，大肆報導一些有的沒的事情。」

「橘的氣量沒那麼狹小，他可是爲了大義，甚至能夠捨棄自我的男人。」

「您太大人不記小人過了，乾脆請每經新聞更換……」

我追著翔太郎進議員室，這時一樣東西映入我的眼裡。

那是翔太郎的iPod。

放在桌上的iPod顯得十分迷你，上面還連接著小型喇叭。

「它的體積小巧，可以放在各種地方，讓我非常中意。」翔太郎的話突然再次在我的腦中響起。

體積這麼小的話，的確可以放在各種地方。

比如說窗邊。

我小心翼翼地注視著小巧的喇叭，上頭印著「KODAMA」的商標。我想起前幾天在〈宮門〉的方室內聽到的流水聲，那聲音宛如房間內眞的有一條河在潺潺流動，非常具有臨場感。

我一邊想著不會吧，腦內卻自動地開始進行推理。

翔太郎在訪談時拉上窗簾，並不是爲了「比較有氣氛」而是爲了隱藏放在窗邊的iPod和喇叭。

十五日那天，翔太郎先錄下反社會和平黨的示威抗議聲，十六日接受訪問時，再小聲播放出來。

這一切簡直就像是爲了讓翔太郎看起來是在十五日接受訪問一樣，說得更清楚一點，是爲了引誘橘上當。

十六日那天，網路上已經預告會進行未經許可的示威抗議，所以抗議聲可以事後再以「十六日的示威活動」蒙混過去。

不加思索地觀看影片的話，當然不會注意到這種地方，所以橘接到的密報電話，才會提醒他背景中的示威抗議聲。不只示威抗議聲，就連橘會注意到手表上的日期，大概也是密報電話一手操作的結果。

打密報電話的線人身分也值得深思。

像橘這樣的幹練記者，也給了這名線人「値得信賴」的評價。怎樣的線人才能得到橘的信賴？例如對議員會館的內情知之甚詳的線人？橘一定會相信對方是議員會館的有關人士而傾耳傾聽。而工作地點就在議員會館的翔太郎，當然會對議員會館瞭若指掌……

假設這些推理是正確的，密報電話其實是翔太郎的自導自演，那麼手表上的日期就如橘所指摘的，完全是翔太郎玩弄的花招。

爲什麼翔太郎要這麼做？他的動機是什麼？

第二個問號浮現在腦海中的時候，我同時想起了橘烙下的狠話。

——動機就是爲了讓我丟臉，也就是對我的報復，因爲你怨恨我害自由國民黨在大選中落敗。

我不覺得翔太郎有半點愛黨精神，難道他真的爲此怨恨橘嗎？因爲他不知不覺之間和甘利前總理建立起交情，所以想爲甘利前總理出一口氣？翔太郎在和橘聊天打屁的時候，一直抱著對橘的恨意？

這番推理雖然說得通，但我卻難以認同。

就算翔太郎眞的是深謀遠慮的天才，但是他運用自己的頭腦，就只爲了讓橘丟臉嗎？橘的報導雖然不能說對自由國民黨的支持率毫無影響，然而他只是做了自己工作的分內之事。說起來，在大選中落敗毫無疑問是自由國民黨的責任，爲此責怪橘完全是找錯人了。

但是翔太郎卻設下圈套，讓橘在小春面前丟臉，甚至還叫小春去安慰他。橘的自尊心一定已經遍體鱗傷了。

翔太郎至今爲止，除了我之外，也曾讓不少人丟臉，讓他們落到不好的下場。但是他們不是色狼、玩弄孩子的心情，不然就是指使他人進行間諜行爲，各自都有遭受如此下場的原因，和橘的情形並不一樣。

然而翔太郎卻說這是「正義必勝」。

我只需請求翔太郎讓我看看iPod裡面的檔案，一切就能夠眞相大白了吧。不對，他一定已經刪掉示威聲的聲音檔了，就算看也沒用。

我之所以跟隨翔太郎，只是爲了報答善壹先生的恩情，並不是效忠於翔太郎本人。

照理來說應該是這樣，但不知爲何，我心中卻泛起一股宛如被推進黑泥之中的不快情緒。

「怎麼啦，雲井？你看起來活像剛知道新年連假和盂蘭盆節連假（註）一起結束了的樣子。」

坐在椅子上的翔太郎這樣問我時，還含混不清地夾著呵欠，表情毫無緊張感，模樣呆滯得令人完全無法聯想到國會議員。即使世界顛倒過來，翔太郎看起來也絕對不像一個頭腦清晰發達的人。

——剛才的推論只是基於「如果翔太郎是天才」的假設上所做出的推理，說不定翔太郎實際上只是個特別好運的笨蛋而已。比方說這次，翔太郎說不定單純是運氣好，才能夠洗脫因爲胡思亂想的線人而蒙受的不白之冤。

我一邊這樣說服自己，一邊在心中暗自確定了一件事。

我再也不會夢到翔太郎來我家探病了。

註：盂蘭盆節是日本的傳統節日，爲了讓員工返鄉祭祖，一般公司企業多會放假一周左右，可說是大人的暑假。

第五話　辭職

「拜託在我到場之前都不要輕舉妄動。」『我知道了，我很期待喔，雲井。』

沒救了，這傢伙根本沒搞清楚狀況。

翔太郎的議員生命這次眞的要結束了。

※

1

距離板垣總理發表就職演說已經過了兩個月，翔太郎在那之後沒什麼變化，依舊以問題言行成爲輿論焦點。

例如在和支持者的談話集會時，翔太郎竟然在台上一臉清爽笑著宣布，「在政權交替的熱潮冷靜下來之前，不論做什麼都沒用，所以我目前打算悠閒一下。」或是在談話節目中，在政治評論家批評自由國民黨的錯誤施政時，說出「眞是精闢的指責，下一次選舉請務必代表本黨出馬選舉。」公然在節目中認眞挖角人才。

最糟的是翔太郎對Z縣知事的就職典禮作出的評論。

十月下旬舉行的Z縣知事選舉以小笠原久信的壓倒性勝利作結，他本來就擁有超高知名度，再加上宇治家秘書的支持，要落選還比較難。

獲得了八成選票的小笠原，在當選之後馬上提出引發爭議的提案，「爲了讓更多縣民能前來參觀，將包下縣政府前的Z廣場，舉行盛大的就職典禮。」

舉行各種典禮活動的Z廣場可以簡單容納兩千人，使用費當然不在話下，警備人事等等的費用也是不小的數目。此外據說小笠原還打算乘坐黑色禮車，像電影明星般地入場。

「浪費稅金」等反對意見自然傾巢而出，不過小笠原以「這象徵了開明的縣政，同時也是平實無華的Z縣給人留下脫胎換骨印象的大好機會。」爲藉口，強行通過這項提案。不過爲了減輕警備上的負擔，就職典禮的日期訂爲平日的十一月七日。小笠原本身似乎對此不太滿意，直到最後都吵著「爲了展現今後的施政方向，應將該日改爲假日，以便更多縣民參與。」

關於車子，在小笠原的主張之下，由他自掏腰包租下BMW，取代了原定使用的日產Cedric或是豐田皇冠等公務車。

我對這個男人想出風頭到這種地步感到瞠目結舌，但對小笠原的行爲表示「男子氣概十足」的Z縣縣民也不在少數，人生眞是不乏匪夷所思的事情。

不過更令人匪夷所思的是翔太郎的思考迴路。

Z縣出身的翔太郎被要求發表感想時，露出了遺憾的表情，說道：

「爲什麼選BMW呢？如果是我就會選加長型禮車，這樣看起來比較大，才會更有魄力。不過即使是BMW，如果是自己親自駕駛進場，看起來應該也滿帥氣的。我先和大家約好了，是我的話一定會這麼做。」

部分狂熱支持者雖然爲此欣喜若狂，但這樣的人卻日漸減少。

翔太郎就像這樣，一點改變也沒有。

改變的反而是我。

在橘的事情之後，我愈來愈無法用之前的眼光看待翔太郎。

他是不是只是裝出笨蛋的樣子，實際上心裡正在打什麼算盤？他是不是正在籌劃什麼凡人無法想到的縝密計畫？不論翔太郎做了什麼、說了什麼，這些疑問都離不開我的腦袋，我對翔太郎的態度當然也就愈來愈不自然。

我就在抱著這些煩躁不安度日的情況下，迎接了今日的到來。

十一月七日就這樣到來了。

上午八點，我一踏進眾議院議員會館七〇七號室，小春就詫異地看著我。

「怎麼了？」

「雲井先生，您今天不是要和漆原議員一起去Z縣嗎？」

「妳在說什麼？」

「因爲漆原議員昨天回去的時候說，『明天要去參加Z縣的知事就職典禮。』因爲實在是太突然了，讓我有點驚訝，不過我還以爲雲井先生應該知道。」

「這件事我一個字都沒聽過。」

昨天我以翔太郎代理人的身分出席支持者的宴會，之後就直接回家了。

「眞是奇怪了，議員收到了知事發來的邀請嗎？」

「那是絕對不可能的，宇治家先生之前還一再強調『選舉期間絕對不要隨便踏進Z縣一步。』事到如今，不可能還邀請議員去就職典禮。」

對自己跟隨的議員一再強調這種事情的宇治家秘書固然令人搖頭，不過對此的反應是「可以留在東京眞是太捧了。」的翔太郎也實在是讓人傻眼。

「議員難道是打算強硬出席就職典禮嗎？說不定議員雖然表面上對我們露出毫不在乎的樣子，內心其實一直希望受邀，而苦惱不已。」

「『苦惱』不在議員的能力範圍之內。」

「但是之前議員的桌上還放著安眠藥，也許議員正因壓力而失眠呢。」

「『失眠』也不在他的能力範圍，那一定不是他要用的，我們還是祈禱他沒將安眠藥用在犯罪上吧。」

「您也不用說到那種地步……」

我沒回應小春，而是看向一之瀨的辦公桌。他似乎還沒來上班，不過我也不覺得他會擁有什麼有用的情報。我用手機打給翔太郎，但只傳來持續的撥號聲。正當我打算放棄，準備掛斷電話的時候，電話的另外一端的撥號聲中斷了。

「喂喂？」

翔太郎接電話了，不知爲何聽起來有點小聲。

「議員，請問您現在人在哪裡？」

『我在新幹線上，不過放心，我乖乖移動到了車廂連接處再接電話。』

「我很感激您遵守公共禮儀，但我無法放心。您爲什麼會在新幹線上？」

『你沒聽小春講嗎？我要去小笠原知事的就職典禮。』

「知事明明沒發邀請，您爲什麼需要出席？」

『你的問題還眞多啊。解釋起來實在太麻煩，我要掛電話了。』

「就算很麻煩，也請您好好說明，您打算做什麼？」

『你只要看今晚的新聞就知道了，那就這樣……』

「我也要去。」

我被隱隱的不安驅使，反射性地說出口。

「拜託在我到場之前都不要輕舉妄動。」

『我知道了，我很期待喔，雲井。』

「您這不算回答。」

電話就這樣在對話沒有交集的情況下掛斷了，就算我重新撥號，電源也被關掉了。

「雲井先生，怎麼了嗎？」

「妳能幫我訂新幹線的票嗎？」

我告訴一臉擔心的小春。

「議員打算幹傻事。」

由於是平日，往Z縣的新幹線仍有空位。我儘管有點猶豫，最後還是先回家一趟，做好最起碼的準備後再趕往東京車站，搭上新幹線。

就職典禮是從下午一點半開始，雖然勉強趕得上，但抵達前的時間感覺起來，卻像是至今爲止最長的一次。

善壹先生是在去年九月過世的，在那之後我成爲翔太郎的秘書，至今大約十三個月。在這期間，我總是都被意想不到的事情耍得團團轉。就連今天也是，我作夢也沒想到他會去Z縣。

我深深陷進座位，吐出一口氣。

翔太郎在善壹先生突然過世之後，表明自己參選時，我從未想過他是這樣的男人。就連選舉期間，翔太郎也是一副認眞的好青年模樣，所以當時才能以大幅差距當選。

但是他在首次出席國會當天就蹦出「感謝政二代吧」的發言，讓全天下都知道翔太郎是個舉世罕見的笨蛋。從旁人眼裡看來，在翔太郎參選後，馬上和他斷得一乾二淨的〈宮門〉一定顯得非常明智。

——沒錯，〈宮門〉打從一開始就不支持翔太郎。

〈宮門〉之所以支持善壹先生，也只是基於善壹先生和鐵子總帥之間的私人信賴關係，並不代表〈宮門〉支持善壹先生主張的政策。

我想起兩個月前，在高級餐廳的包廂中，宇治家秘書給我看的小笠原的選舉公報。上面列出的地區振興政策之中，列著一條「地區貨幣Z幣（暫稱）」。

我剛剛才注意到那件事的契機就是這個地區貨幣的構想。

部分大企業因爲擔心會被地區經濟排除在外，所以反對Z幣的實行。〈宮門〉之前雖然因爲和善壹先生之間的交情而默認了Z幣政策，但〈宮門〉也是大企業之一，所以在翔太郎宣布「繼承父親政策」之後，馬上就切割翔太郎。

但這麼一來，下一個疑問馬上冒了出來。

「〈宮門〉既然反對地區貨幣的構想，那爲什麼會支持小笠原？」

當宇治家秘書說到他也取得〈宮門〉的支持時，我就應該感到疑問。難道小笠原和鐵子總帥之間，也有和善壹先生同等的交情嗎？不對，這樣的話，宇治家秘書就不會說「我不知道對鐵子總帥低頭拜託了多少次。」

反過來說，就是宇治家秘書需要多次向鐵子總帥低頭拜託，才能得到〈宮門〉的支持。而單純字面上的「低頭」當然無法打動〈宮門〉。〈宮門〉應該會要求能夠補償地區貨幣帶來損失的利益。宇治家秘書提供了其他議員的把柄？但是把柄要以獨占爲前提才算是把柄，天下皆知的話，把柄便沒效了。像宇治家秘書這樣的人，會做出這樣的交易嗎？

即使是宇治家秘書這樣重量級的秘書，也不可能握有能夠改變〈宮門〉心意的材料……

——等等。

是那些在善壹先生的揭發之下解散，原本用來給高官退休後空降的法人機構。Z縣的用地當時決定開放給民間企業投標競爭，但在善壹先生過世後，投標被拖延了將近半年之久，最後全由〈宮門〉得標。

由於位置優良，所以不少在地企業都摩拳擦掌，熱烈希望投標成功。

如果宇治家秘書私下進行安排，讓〈宮門〉能夠以有利條件投標成功的話？洩漏情報、收買相關人士、讓資產價値看起來比實際低，降低起標金額……招標舞弊的方法有千百種，對掌握眾多議員把柄的宇治家秘書而言，方法一定更是要多少有多少。

〈宮門〉目前以五年間達成五十家實體分行爲目標。因爲受到周圍強烈的反對，鐵子總帥甚至表示「如果事情未如計畫發展就辭去總帥之位。」如果鐵子總帥如此希望促成這件事，一定會拚命尋找條件優良的房地產。

注意到這一點的宇治家秘書就提出以招標舞弊爲交換條件。投標會拖延半年之久，並不是官僚試圖捲土重來，而是宇治家秘書一邊準備舞弊，一邊與〈宮門〉交涉，於是他就這樣取得了〈宮門〉對小笠原的支持。

正確來說，宇治家秘書要求的並不是對小笠原的支持。

實際上是對Z幣的支持。

小笠原只是一個想要政治家頭銜，既無理想也無理念的男人。儘管如此卻坐擁超高支持率，應該沒人比他更適合當傀儡了吧。宇治家秘書也親口承認過要培育傀儡知事，以小笠原而言，即使宇治家玩弄任何不當的花招，他應該也不會抱怨。

稍微整理一下想法吧。

宇治家秘書爲了實現善壹先生的願望，想要實行地區貨幣Z幣。他爲此尋求〈宮門〉的協助，以操縱招標過程爲報酬。而在選舉公報上聲明推行Z幣，並「積極參與地區貨幣相關的所有決定」的小笠原也知曉一切詳情——

當然，這一切都是我的想像，只是將疑點串連起來之後，暫時得出的想法，並沒有任何證據。假使兩者之間有任何協定，不論是招標或是知事大選都已經結束了，契約書或誓約書一類的文件想來都已經毀掉了。

只是這項推論確實能夠毫無矛盾地解答我對〈宮門〉的這點疑問，「明明反對地區貨幣，為何會支持小笠原？」

我希望我的推論落空，畢竟即使是為了實現善壹先生的願望，違法行為依舊不能原諒。而且秘書做的壞事一旦曝光，通常也會波及議員。翔太郎的支持度已經下滑到極限了，如果違法招標的事情再被公開，黨內大老一定會以督導不周為由，逼迫翔太郎辭職。

但如果翔太郎也想到我的推測，因此在沒受邀的情況下前往就職典禮，而且還沒想到這件事曝光後，可能會波及自己，打算在毫無證據的情況下，做出什麼事情的話……不，即使是翔太郎，也未必會那麼欠缺思慮。我想到這裡，腦海中又浮現剛才電話中的對話。

「拜託在我到場之前都不要輕舉妄動。」『我知道了，我很期待喔，雲井。』

沒救了，這傢伙根本沒搞清楚狀況。

翔太郎的議員生命這次眞的要結束了。

2

Z廣場一片擁擠的人潮。

中央是鋪著灰色地毯的半圓形特設舞台，舞台前是排得整整齊齊的縣政府職員，而觀眾像是包圍著這一切似的，嘈雜地在最外面擠成一堵人牆。

觀眾之中除了主婦和小孩以外，還有看起來應該是從工作中偷溜出來的上班族，此外媒體的數量也很多。明明是平日下午，卻能夠聚集這麼多人。雖然我完全無法理解他的魅力所在，但不愧是小笠原，應該說他身爲作家的人氣果然不容小覷。

在這萬眾矚目的會場上，如果翔太郎引起了什麼騷動……

光是站在想像的入口，我的壽命就減少了三年。

我環視四周，但是一無所獲。在人潮擁擠成這樣的情況下，根本無法輕易找到人。明知沒什麼用，我還是試著打電話給翔太郎，結果他的手機依然關掉電源。我束手無策，只好打電話給宇治家秘書。

『您好，這是宇治家實篤的手機。』

接電話的是一名年輕的女性。

「喂，我是雲井，妳該不會是……」

『好久不見了，雲井先生，我是德子。』

果然是宇治家秘書的么女。

「好久不見了，請問宇治家先生現在人在哪裡？」

『他現在正在出席小笠原知事的就職典禮，他受邀爲來賓出席。』

我看了會場一圈，並在舞台右邊的來賓席末席發現宇治家秘書巨大的身軀。

宇治家秘書叮囑翔太郎不要來替選舉站台，也不要參加就職典禮，結果自己卻坐在來賓席。雖說只是末席，但身爲代理人的宇治家秘書竟然坐在那裡，該不會是爲了緊迫盯人？「別忘了你是我的傀儡。」他說不定正在這樣對小笠原施加壓力？宇治家秘書會做到這種程度，果然是因爲宇治家秘書爲了拉攏〈宮門〉而操弄了招標過程……令人厭惡的想像接二連三在腦中浮起。

『喂？喂？雲井先生？』

「不好意思，我在聽。話說回來，妳今天見過漆原議員嗎？」

『議員他人在Z縣嗎？我倒是沒聽父親提過。』

我曖昧地蒙混過去，掛斷電話。

宇治家秘書似乎也沒掌握翔太郎的行蹤。

在哪裡？翔太郎到底人在哪裡？就這樣讓職典禮開始的話，似乎會發生無法挽回的事情。

現在時間是下午一點二十五分，距離典禮開始只剩五分鐘，但是光在這裡焦急也沒用。雖然因爲翔太郎，已經很久沒人這麼叫我了，不過我可是曾經因爲冷靜沉著，人稱「武士秘書」的男人。這種典禮向來不會照表定時間進行。沒頭沒腦的搜尋是笨蛋才會做的事情，我現在應該要一步一步地按順序來……

「啊，來了！」

女性的聲音響起。從馬路的另一端出現逐漸駛近的BMW。

……竟然按表定時間進行。

管他笨蛋還是別的，只能沒頭沒腦地找了！

如果翔太郎人在現場，說不定會在舞台旁邊。我祈禱著，推開狂熱的圍觀群眾，努力朝舞台前進。

『小笠原！小笠原！』

拜託，你們這些人能不能安靜一點？這樣我沒法冷靜下來找翔太郎。

『小笠原！小笠原！小笠原！』

BMW停了下來，駕駛席的車門打開，歡呼聲又變得更大聲，語調也更爲激動鼓譟。

不過這是不是搞錯什麼了？這不是搖滾樂團的演唱會，也不是迷人CEO的產品發表會，而是身爲縣民公僕的知事就職典禮。我將視線從BMW上轉開，繼續在四周的人群之中尋找翔太郎。

『小笠原！小笠原！小笠原！小笠……？』

我不是叫你們安靜一……

咦？

等我注意到的時候，原本籠罩會場的狂熱氣氛，已經被充滿困惑的低語聲取代。每一個人都錯愕地看著連接舞台的通道。

怎麼回事？我這麼想著，一邊轉向通道，結果也同樣露出錯愕的表情。

走在通道上的不是小笠原。

帶著滿臉笑容，大大地揮著手的那個人是……啊啊眞是難以置信……令人一點也不想相信……

那個人是漆原翔太郎。

一如預告，這個男人自己開著BMW來了。

步上舞台的翔太郎颯爽地拿起講台上的麥克風。

「感謝各位今天來到這裡，本來應該是小笠原知事到場，但他因爲身體狀況欠佳，臨時將這個機會讓給在下漆原翔太郎。」

身體狀況欠佳？即使自掏腰包也執意租下BMW的小笠原會輕易放棄嗎？

在舞台一旁待機，身穿黑色西裝貌似隨扈的人拿起無線對講機。

「啊，就算想連絡他應該也沒用。知事剛剛才陷入熟睡，大概是應該相當疲累了。」

熟睡……該不會小春看到的安眠藥是用在……

我臉色褪成一片慘白的時候，底下的觀眾逐漸騷動了起來。

（我是來看知事的就職典禮，怎麼會變成漆原？）

（小笠原知事眞的身體狀況不好嗎？）

（應該說這個蠢兒子議員是來做什麼的啊？）

有人手指不停地在手機上跳動，想來應該是正在社群網站上「實況轉播」。

「請大家稍安勿躁。」

翔太郎對觀眾的質疑不爲所動，嚴肅地發出宣言：

「我漆原翔太郎，今天借此地告發我的秘書・宇治家實篤的『惡事』。這件事和縣民各位也有關係，所以希望在場各位務必擔任我的證人。」

翔太郎不等眾人理解他這句話的意思，馬上轉向來賓席的宇治家秘書行了一禮。

「你好，宇治家先生，好久不見了。」

對於翔太郎的寒暄，宇治家秘書臉色絲毫不變地低頭還禮。

「這麼久不見，難得有機會談話卻是這種情況，實在令人痛心。不過宇治家先生，你爲了地區貨幣這個構想而沾染『惡事』了吧。」

接下來翔太郎揭發了一切。

宇治家秘書繼承善壹先生的遺志，打算實現地區貨幣構想。爲此絕一能缺少〈宮門〉的力量，但是〈宮門〉本來就反對地區貨幣構想，在善壹先生過世之後更是沒道理給予協助。宇治家秘書以因揭發而解散的機構用地爲條件，取得〈宮門〉支持，而這一連串的動作，其實小笠原都知情。

他揭發的內容和我的推測幾乎相同，只有一個決定性差異。

「掌握一切的證據的是這個人。」

竟然有證據嗎？而且「他」又是誰？

一個男人從觀眾之中步出，走上舞台的左側。沒有人——不論是縣政府的職員或是隨扈，都沒出手制止他。此時我才終於領悟到整個會場都屏息注視著翔太郎。

事已至此，我也只能繼續觀望事情的走向了。

「讓我爲大家介紹，這位是表面上以政策秘書的身分爲我工作，檯面下爲我秘密調查舞弊證據的一之瀨正男。」

我難以置信地探出身體，緊緊盯著舞台。

的確是一之瀨，我一心以爲個性與外表一樣陰暗的一之瀨正男。

但是現在的他看起來簡直判若兩人，外表俐落有神，原本粗重的黑框眼鏡換成適合年輕人的款式，動作也變得簡潔明快。

「漆原議員在去年十月剛當選議員之後，就向我提出工作的邀請。」

一之瀨從看似司儀的女性手上取走麥克風，口齒伶俐地講了起來。

「我一開始拒絕了。我經過一番苦讀，好不容易通過政策秘書資格考試，眼前卻沒有任何就業機會。對於這個根本不會有人發出邀請的封閉業界，我毫無任何留戀，畢竟不容年輕人的地方根本沒有未來可言。

但是漆原議員卻拜託我，『請你裝成政策秘書，幫我尋找違法招標的證據。』而且我的薪水還是議員自掏腰包給的，國家支付給我的政策秘書薪水則會在一切結束之後，全數還給國家。我發現漆原議員原來是這麼有趣的政治人物，感到非常佩服，於是決定接受議員的邀請。

我成爲政策秘書之後，開始收集各部門單位的資料、諮詢官僚。我甚至還曾經以授課研修爲名義，叫出負責招標的官僚，直接向對方拋出疑問，只是對方從頭到尾都裝傻，最後還惱羞成怒地破口大罵，結果以失敗告終。

雖然我在過程中給其他秘書添了不少麻煩，但這一切終究不是白費工夫。我掌握到情報，顯示宇治家祕書以『毒品博物館』爲開端，頻繁接觸負責Z縣招標事務的官僚。」

我對於一之瀨的各種疑惑與懷疑瞬間冰消瓦解。

即使我提出勸諫，翔太郎也完全不打算解僱一之瀨，也不曾認眞地「指導」一之瀨。然而若是他打從一開始就是僱一之瀨來當密探的話，一切就可以理解了。只要頂著政策秘書的身分，一之瀨就能夠自由地穿梭在國會議事堂、議員會館，以及各部門單位之間。他疏於處理日常業務，也只是因爲他忙於調查。

一之瀨所說的被惱羞成怒的官僚破口大罵，指的一定是今年一月時，東堂的交通違規被揭發的那一天。從議員室奪門而出的官僚之所以那麼生氣，大概是因爲被逼問和宇治家秘書共同策劃的違法招標一事。一之瀨當時說的「議員在上課中打起瞌睡」是騙人的，而當時熟睡的翔太郎也只是配合裝睡。

一之瀨曾經在上班時只顧著研讀關於司法的法律書籍，那也是爲了調查應該以何種罪名問罪宇治家秘書。

如果以「披著政策秘書面具的偵探」的眼光看待一之瀨，那麼他所採取的所有行動全都合乎情理。雖然翔太郎和他聯合欺騙我和小春這點，令人心情有點複雜，但是將這想成實踐「想要欺騙敵人，首先要欺騙自己人。」這句話的行爲，就仍在接受範圍內。

只是一之瀨避開與我眼神交會這點，老實說我覺得有點太過頭了。

不過過去種種譬如昨日死，現在的一之瀨正男看起來非常的可靠。

「還有另一個證據。」

一之瀨從口袋中取出某個東西，那是比香菸盒還小一號的物體。我曾經看過它，那是選戰時被人設下的竊聽器。

「宇治家先生在之前的眾議院議員選舉期間，正確來說應該是社會和平黨的柳下主導的間諜事件被揭發的隔天晚上，和〈宮門〉的宮門鐵子總帥進行密會，對吧？就算你否認也沒用，因爲你們的對話已經被錄了下來。要查出你們密談的地點和時間可眞不簡單啊。

不過實際上裝設竊聽器的並不是我，而是漆原議員。我原本打算自己出動，但是議員卻說『因爲我對竊聽器做了一番功課，所以我比較清楚，而且我可不能連這種事都要你做。』眞是一位有骨氣的政治家。」

八月，松川文子告發柳下的間諜行爲是在選戰的第五天。

隔天，翔太郎之所以沒出現在媒體面前，並不是醉倒於勝利的美酒之中，而是在查探宇治家秘書的動向並裝設竊聽器。現在我也理解翔太郎爲何那麼清楚竊聽器了。翔太郎當時指派一之瀨負責應付媒體，是爲了不讓我知道自己不在事務室。一之瀨也清楚翔太郎的用意，所以並未拜託我代替他出面應付媒體。

沒想到這兩人在我毫不知情的地方，竟然如此活躍。

雖然翔太郎的行爲造成極大騷動，但是他已經掌握足以告發宇治家秘書的證據。尊敬的前輩在兩千人面前被揭發罪行，讓我感到難受，但在這個當下，我對翔太郎的感動勝過那份難受的感覺。

觀眾也是一樣，即使他們仍對突如其來的事情發展感到困惑，不過似乎都支持翔太郎。這也是策略的一部分嗎？秘書如果進行不法勾當，雖然最終一定會發展成議員的責任問題，但有了大眾的支持，就能夠將損害降到最低。翔太郎說不定就是預料到這一點，才選擇在就職典禮上舉發宇治家秘書。不，不是說不定，一定就是這樣。

太厲害了，翔太郎……不，漆原議員！

就像在嘲笑心情激動的我一般，宇治家秘書悠哉地從座位緩緩站起，彷彿還聽得他起身時發出「嘿唷」的一聲。他望向翔太郎的眼神，就像是正在觀看推理劇中揭發犯人的橋段。

那並不是遭到告發的當事人的眼神。

踏上舞台的宇治家用從容的步伐走近翔太郎，體型龐大的身體宛如圍牆……不，城牆。不論承受怎樣的攻擊都不會崩塌，最堅硬的城牆，正在緩緩逼近，準備把翔太郎壓扁——我彷彿看到這樣的幻覺。

宇治家秘書從講台中取出似乎是預備用的麥克風，一派親切地開口，「我可以問幾個問題嗎，一之瀨小弟？」

「你雖然幹勁十足地說你掌握了我和招標負責人頻繁接觸的情報，但是那又怎麼樣？我們頻繁見面，只是因爲我和他們是朋友，還是說你手上有證明我們曾經談到違法招標的具體書面資料或是證詞？」

當然有啦！對吧，一之瀨！

儘管我投以熱烈的期待目光，一之瀨仍然一副不知所措的樣子。

……咦？

「再來關於竊聽器，我和鐵子總帥只是單純針對Z縣的知事選舉交換意見，錄音內容應該毫不具備作爲證據的效力吧？」

一之瀨變得更狼狽，宇治家秘書見狀刻意地撫上胸口。

「果然是這樣啊，我安心了。你剛才講那些會讓人誤解的發言，我還想著該怎麼辦呢。」

和所說的話完全相反，宇治家秘書的言語之中感受不到半點不安。他明明遭到竊聽，然而這份自信又是從哪裡來的？我稍微想了一下，答案馬上就出現了。

機密等級V。

宇治家秘書提出這個等級時，爲防萬一會避免使用特定的關鍵字，從頭到尾以迂迴的方式交談，同時也會要求對方也比照辦理，而宇治家秘書只會對能夠滿足這項要求的人提出等級V的談話。

宇治家秘書和鐵子總帥的對話內容，一定只是無傷大雅的應酬話而已。

「就是這麼一回事喔，漆原議員。」

因爲是在公眾場合，宇治家秘書用「漆原議員」而不是「阿翔」呼喚翔太郎。

「一之瀨小弟好像挺努力的，但是卻沒找到任何證據呢。」

「嗯，如果你會因前面那番話就招認的話，我就不用煩惱了。」

翔太郎說得太若無其事，以至於我過了好一陣子才理解他說的話。

不過一等到他所說的話終於傳達給整個會場的人——

「不會是連證據都沒有就來了吧？」「到剛剛爲止的那些到底是什麼？」

從觀眾之中開始飄出細碎的抱怨。

「原來如此，連證據也沒有就在這種場合大張旗鼓告發我，爲的就是要讓我動搖，自己招認一切啊。只是我並沒做任何有愧於良心的事情。」

「不過正如一之瀨查出的，你的確和鐵子總帥密會了吧。你和鐵子總帥之間是兩人會私下見面的關係嗎？而且鐵子總帥還特地到Z縣來，我認爲就算進行一兩個檯面下的交易也不足爲奇。」

「我們之間並不是那麼了不起的關係，只是鐵子總帥剛好出差到Z縣，我就請她撥冗與我一見而已。我不過是區區一介秘書，能與鐵子總帥見面就已經是僭越了。我們之間別說檯面下了，就連檯面上的交易都沒半樁。」

「咦？是嗎？」

我的感想和翔太郎一樣。就連我都曾經被鐵子總帥叫到方室，像宇治家秘書這種分量的人竟然沒有嗎？不，但是……

「當然啦，我雖然和鐵子總帥見過幾次面，但只是針對Z縣知事選舉討論了一些事情。鐵子總帥理解地區貨幣的重要性之後，表明支持之意。我們之間根本沒有什麼，更別說什麼邪惡的交易了。」

城牆的硬度提高了。

「說起來，漆原議員的臆測中有一點重大的缺失。〈宮門〉的話，根本不需要借助我的棉薄之力，也能夠標下Z縣的地產。畢竟在黑色三月之後，房地產的價格都一落千丈。與此相比，〈宮門〉可是在眾多企業仍爲業績不振而苦苦掙扎的同時，仍然展現出亮眼的數字。」

啊，的確如此！

我竟然忘了黑色三月！

今年三月，歐洲的投資銀行經營失敗產生的影響造成的經濟危機，一般稱爲「黑色三月」。

之前離開政界的資深秘書也曾經嘆息「就算賣房子也賣不了多少錢。」Z縣的房地產價格當然同樣大幅下跌，對業績長紅的〈宮門〉來說，要標下那些價格暴跌的地產，根本是易如反掌。

因此「以招標舞弊作爲協助地區貨幣Z幣的回報」的交易，自然不可能成立。不論是我還是翔太郎，都漏掉了這項重要的事情。

城牆成功反彈了翔太郎的攻擊。

「議、議員……」

「辛苦你了，一之瀨。你可以先下去了。」

「這、這樣嗎？那我就……恭敬不如從命……」

你在說什麼啊，這種時候應該要抗命吧！

但是一之瀨就這樣垂頭喪氣地下了舞台。

於是翔太郎就這樣孤身一人留在舞台上。

台下的觀眾們哄然發出奚落聲。

「竟然搞這種烏龍，糟蹋小笠原先生的就職典禮！」「滾回去，蠢兒子議員！」

「不好意思，驚動大家了。」

面對台下的罵聲，宇治家秘書高聲說道：

「然而漆原議員雖然想像力有點豐富，不過如同大家所見，他是一個性情率直的男人。請大家看在這一點的份上，姑且……」

「根本就是三流。」

翔太郎出口的這句話毫無脈絡，讓停下話語的宇治家秘書緩緩回過頭。

「三流？您說的是我嗎？」

「我並不是在說宇治家先生。我是說『操縱法人機構解散後的土地招標案，以作爲交易的籌碼。』只想到這裡的傢伙根本就是三流貨色。只要考慮到黑色三月，就知道這種交易根本不會成立。連這種事情也沒察覺的傢伙可說是智商不足，就算未來可期，但還是修行不夠。如果是國會議員的秘書，就應該倒扣三個月薪水。」

……這番話應該不是以我爲假想對象吧？

宇治家秘書苦笑起來：

「照您的這個定義來說，您自己不也淪爲三流了嗎？」

「不，我想得更遠。宇治家先生爲了〈宮門〉而出手操縱招標一事，應該是事實吧，但是那不過是贈品而已。說到底——」

翔太郎沒拿麥克風的另一手叉上腰，接著挺起胸膛。

「主導違法招標一事的並不是你，而是我的父親漆原善壹吧。」

3

（漆原善壹？但是那個人不是現今罕有、像聖人君子一樣的政治家嗎？）

（那應該只是媒體營造出來的假象吧。）

（就算是那個蠢兒子議員，在這麼多人面前，應該也不會信口開河吧。）

站在困惑嘈雜的觀眾之中，我一句話也說不出來。

我可不准你侮蔑善壹先生，蠢兒子議員！

我滿心想要如此大喝一聲，卻出不了聲。

——直到我讀過先父留下的日記，我才發現自己喜歡父親。

公園事件的時候，翔太郎曾經這麼說過。

人並不會侮蔑自己喜歡的人。

「父親爲了振興地區經濟，卯足全勁想實現地區貨幣Z幣。爲了這個目的，他需要大企業的協助，而他看中的對象就是〈宮門〉。因爲他和鐵子總帥的亡夫曾是摯友，所以父親相信只要自己出面懇求，鐵子總帥應該就會答應幫忙。

但是父親的想法太天眞了。『將〈宮門〉打造成世界第一的企業。』對於繼承了亡夫『將〈宮門〉打造成世界第一的企業』這個夢想的鐵子總帥而言，她應該不願意接受地區貨幣吧。不管談過多少次，兩人之間的看法永遠是平行線，無法就此放棄的父親終於跨過了界線。

那就是給退休高官空降用的Z縣法人機構被解散後，閒置下來的地產。父親以違法招標作爲籌碼，因爲當時房地產價錢尚未暴跌，這項交易對〈宮門〉來說是非常具有吸引力。

但是父親突然過世，情況有了極大的改變。本來就對地區貨幣構想興趣缺缺的鐵子總帥，單方面通知秘書之中作爲父親的左右手、唯一知道違法招標一事的宇治家先生，表明自己決定作廢交易。然而招標一事卻準備如常進行，宇治家先生自然爲了阻止這件事而展開行動。兩者之間的暗鬥導致了招標事宜的延期。

爲了避免被人察覺自己的所作所爲，宇治家先生以我的當選爲幌子，進行了秘書的人事異動。你將方便自己行事的人安插在自己身旁，另一方則將認眞、嫉惡如仇、頭腦敏銳的秘書推爲公設第一秘書，並任命他當我的教育者。如此一來，他每個星期有一半都會待在東京工作，也不會察覺暗鬥的事情。」

宇治家秘書拔擢我成爲第一秘書，並不是讓我累積經驗，而是爲了營私舞弊？簡單說起來，就是以表面上比較好看的方式擺脫麻煩人物？

彷彿要驅散我的疑問，宇治家秘書大大搖頭。

「就算是漆原議員，我也必須請您停止這種無中生有的指控。不論是作爲善壹先生的秘書，還是作爲長年以來的朋友，我都不能對您的發言視若無睹。」

「但是這些事情都寫在這上面啦，就在這裡。」

翔太郎拿出的是文庫本大小的日記本，整體泛黑微彎的樣子，宛如訴說著持有人對它的愛不釋手。

「這是父親遺物的日記本。我在第一次當選的晚上，在書房恰巧發現的。父親對於明明擁有民調卻在黨魁選舉中落敗一事，似乎受到相當大的打擊。而且在那之後，他發現自己的心臟出現毛病。雖然他巧妙地隱瞞身邊的人，自己卻深深感到所剩時間不多，那份心情大概就是違法招標的契機吧。日記中持續地描寫著父親在三十年以上的議員生活中，第一次染指違法行爲的痛苦和內疚。」

善壹先生涉嫌違法招標。

這個事實幾乎化成凶器，貫穿我的胸口，但是從身體內部冉冉爬升而起的並不是痛楚。而是憤怒。

從身體深處湧起的憤怒，專一筆直地指著那一點。

……仔細回想，有幾點可以作爲佐證。

鐵子總帥雖然擁有豪俠之心，但同時也是一位冷酷的商業女強人。即使對象是亡夫的摯友，她也不可能在對方主張不利於〈宮門〉的政策的情況下，仍舊支持對方。然而善壹先生在新年會上宣布要積極推動地區貨幣構想之後，〈宮門〉仍舊持續提供獻金。假定這一切是以有好處爲前提，就顯得合情合理了。

我想起善壹先生過世前一個月，我不經意聽到他與官僚之間的對話。

——我對議員打算解散高官退休後空降就職的機構一事毫無意見，但是那些機構解散後，留下來的土地房屋的招標事務應該是我們的工作。

——不，那是我的工作，我可不能交給你們。

——別開玩笑了……！

我滿心以爲當時是善壹先生擋在打算爲所欲爲的官僚之前，結果事實卻是剛好相反。

面對打算爲所欲爲的善壹先生，那名官僚原來是打算勸諫他嗎……

「玩笑有點過頭嘍，漆原議員。」

即使現在整個會場都籠罩在對善壹先生的懷疑之中，城牆依舊文風不動。

「即使善壹先生眞的涉及違法行爲，他也不可能輕率地寫在日記中。畢竟之前剛好有一個反面教材，也就是將違法獻金的金額記載在日記本裡的長宗我部前首相，更別說善壹先生還嚴厲批評了他的這個行爲。」

宇治家秘書提出的反駁一針見血。當時在長宗我部內閣擔任官房長官一職的善壹先生還馬上要求長宗我部前首相下台，善壹先生不可能還會重蹈他的覆轍。

城牆又再次彈開了翔太郎的攻擊——

「沒錯，父親的文章十分抽象，並沒寫出任何具體的事情，毫無任何作爲證據的效力，第三者看了大概只會覺得就是一般的日記，但是我能夠感受到：

『星星的光輝需要名爲夜晚的黑暗襯托。』

『森林的茁壯需要朽木作爲營養。』

在這些句子的深處，埋藏著父親的罪惡感。」

「除了表明犧牲自我以照亮國民、讓國家更加茁壯的決心之外，我想不出什麼其他解釋。」

我的感想和宇治家秘書一樣，但是翔太郎搖了搖頭。

「不對，犧牲自我這種事，對父親而言是理所當然的，根本不需要寫在日記上。那些話並不是說犧牲自我，在這些句子之中，埋藏的是父親對於自己企圖藉由名爲違法行爲的黑暗或朽木來成就大義，心中所感受到的罪惡感，我能夠感受到。」

翔太郎毫無迷惘地重述一遍：

「我和父親並非感情不睦，只是碰面的機會非常少。因爲即使我回Z縣，父親也幾乎不在家。我的確不知道該如何和父親開口談天，但是我能從抽象的文章之中，讀出父親因違法行爲而苦惱的眞切心情。我靠的不是理論，而是本能。在那時我才第一次發現，自己是多麼喜歡爲了國民埋首奮鬥的漆原善壹。」

——如果冴木小姐喜歡她這位以前的朋友，就應該能夠感受到信中字句之外的情感，畢竟人就是這樣的生物。

今年一月說出這些話的翔太郎當時背對著我，視線望向窗外。

那時候的翔太郎，臉上究竟露出了何種表情？

宇治家秘書誇張地搖頭說：

「我們對日記內容的見解不同，而事到如今也無法確定誰才是對的。再講下去也只是各說各話而已，還是就此打住吧。只不過我覺得如果您眞的發現自己喜歡善壹先生，那今天豈不是不應該這樣揭發他？」

「剛好相反，正因爲我發現自己喜歡父親，我才非揭發他不可。」

翔太郎如此毅然回答城牆之後，環視會場一圈。

「我的父親漆原善壹擁有不少信仰者，如果我的目的曝光，不知道會遭受多少阻撓，所以我在調查時盡可能謹愼，留意不被任何人發現。我和宇治家先生碰面的話，說不定會被看穿，因此我盡可能避免回Z縣。只不過大家的注意力都被我表面上的言行吸引，看來我是白白擔心了。」

表面上的言行，指的是翔太郎一連串的問題言行嗎？

也就是說翔太郎在超過一年的這段期間，一直隱藏自己的本性，裝成笨蛋政二代的樣子好騙過大眾的眼睛？

而……翔太郎每次把我耍得團團轉，也是爲了避免被我察覺調查行爲，才企圖將我的注意力轉移到自己身上。從翔太郎眼裡來看，我是善壹先生的頭號信仰者，就算我說「我不打算加以阻撓。」大概也沒什麼說服力。此外假如翔太郎向我坦白一切，我無法藏起自己的動搖，進而被宇治家秘書察覺的可能性非常高。

一切都在計算之中——計算的內容還包含了「玩弄雲井進」。

翔太郎是天才？還是笨蛋？這個二選一的問題，終於有了答案。

漆原翔太郎是個天才。

觀眾的視線中也逐漸帶上敬畏的色彩。

可能是注意到這點，宇治家秘書毫不在乎地低頭致意。

「辛苦您演了這麼久的戲，連媒體也被您騙得團團轉，爲您大肆宣傳漆原議員的白痴模樣，可眞是出盡洋相啊。」

我聽到「媒體」一詞，瞬間理解了橘的事情。

如果橘按照企劃著手撰寫關於善壹先生功績的連載報導，順利的話應該會在十月下旬或是十一月上旬開始連載，以時機來說太過不巧。在善壹先生的違法行爲被揭發之後，橘在報社內的立場一定會變糟，於是翔太郎透過將橘的焦點轉向自己，讓橘轉向報復自己，以避免這件事發生。

這一切都是爲了守護崇拜善壹先生的橘。

「但是啊，漆原議員，不管是誰來進行調查，都不會找到任何證據，因爲善壹先生根本什麼都沒做。唔，萬一……不，億一眞的有證據好了，在下我也會傾盡全力搓掉那份證據。」

「我對宇治家先生的忠誠心深感佩服。」

翔太郎彬彬有禮地低頭回禮說：

「正如你所說，決定性證據都被連根拔除了，沒留下半點痕跡。例如一之瀨剛才提到的官僚，他在參與弊案的罪惡感以及對父親的尊敬之間掙扎徘徊，最後在表明自己會與我和宇治家先生雙方劃清界線之後，就閉緊嘴巴，不肯說出任何事情，讓我舉手投降。

不過正如我剛才所說的，機構地產的違法招標不過是個贈品。你透過提出另一個條件，讓

〈宮門〉點頭答應地區貨幣的構想。」

「我身為區區一個秘書，怎麼會有能力提出能讓〈宮門〉滿意的條件？」

「非常遺憾的，你的確做得到，而那就是我要揭發的『惡事』。」

翔太郎停了下來，聽起來真的十分遺憾。

「父親提出的地區貨幣Z幣的重點就在於讓金錢在當地不斷循環，說起來就是金錢的自產自銷。〈宮門〉因為會被排除於地區經濟之外而對此表示反對，既然如此，只要將〈宮門〉納入地區，成為地區的一部分就行了。於是你就這樣把銀行雙手奉上了。」

不知是否是我的心理作用，宇治家秘書似乎挺直了背。

「負責經手瑞士地區貨幣WIR的WIR銀行，藉由以法定貨幣的瑞士法郎支付的帳戶維護手續費營利。以WIR銀行為藍本的Z幣銀行，也會以我國法定貨幣的日圓所支付的手續費作為收益的主要來源。

獨佔這項收益——將設立Z幣銀行的權利交由〈宮門〉，正是你提出的交換條件。

表面上仍會和父親的構想一樣，公開進行招標以招募負責營運的銀行。由於事關地區經濟，即使是缺乏資本力的Z縣中小企業，也會把握機會參加投標吧。你打算接受其他企業的投標，做出公平公正的假象，到時候再暗地安排〈宮門〉得標……不，你已經做好這些安排了吧，不然你不可能得到〈宮門〉的協助。所以鐵子總帥才會不顧周遭的反對，硬是從網路銀行拓展到實體銀行，為的就是有實體銀行的實際成果，比較能夠獲得社會的理解和認同。」

和至今為止不同，宇治家秘書現在不知道究竟是不為所動，還是無法動彈。

「一旦得標，不論是帳戶維護費還是交易手續費，都會由〈宮門〉自由訂定金額。不管怎麼說，這畢竟是我國首次的嘗試，就算爲了提高收益而訂定過高的金額，也沒人能夠證實。而且就算稍微抬高手續費，對中小企業而言，便宜的利息依然十分具有吸引力，所以他們大概會欣然接受Z幣的融資吧。只要對縣民們說明這項政策能造福地方企業，進一步造福自己，縣民們也會配合地開始以Z幣購物。於是Z幣的目的就這樣從地區活性化，變質成『爲〈宮門〉賺進日圓的貨幣』了。

不光是如此，黑色三月之後，全球化帶來的弊害遭受指責，其他地區也開始展開成立獨立貨幣的動作。一旦Z幣推行順利，其他地區也會開始正式推行導入獨立貨幣的計畫吧。如此一來，作爲成功範例的〈宮門〉就有極大可能會接到負責營運的委託，屆時〈宮門〉在其他地區再如法炮製Z幣的那一套手法。

能以低利息使用貨幣，應該能夠促進地區經濟的活性化吧。但是〈宮門〉的最終目的是打造一個系統，讓『只有特定地區才能使用的錢』流通全國，進而榨取『特定地區外也能使用的錢』亦即榨取日圓，將日本據說總共四百萬家以上的中小企業當作資金來源——不知我說的對嗎？」

「就想法而言非常有趣，不過這一切不過是您的想像。就和先前竊聽器的時候一樣，您說的這些推論都沒證據吧。」

儘管看似有些動搖，宇治家秘書依舊像一堵銅牆鐵壁，第三次把翔太郎的攻擊原封不動地反彈回去……每個人都是這麼想的。

「不，如果是這麼重要的交易，鐵子總帥一定會要求你簽下誓約書，這是她的一貫做法，而那正是這個暗盤交易不可動搖的證據。」

宇治家秘書眉間非常隱約地皺起。

「爲了確保不會有人毀約，誓約書應該會有一式兩份。直到Z幣銀行招標結束的那一天爲止，宇治家先生和鐵子總帥都會各自擁有一份嚴密保管的誓約書。我說的沒錯吧？」

原來如此——

原來是這麼一回事——

「您的這個想法也很有趣。」

宇治家秘書彷彿重新調整態勢似的，在臉上露出一個大大的微笑。

「但是假如，只是假如而已，就算那種東西眞的存在，您認爲我會乖乖把證據交出來嗎？Z幣是拯救地區經濟的重要政策，同時也是善壹先生的宿願。身爲從年輕時就苦樂與共的秘書……不，身爲戰友，我無論如何都要實現這項政策。相信您身爲善壹先生的兒子，也能夠理解我的這份心情才對。」

「我理解你的心情，但是我不會讓這項政策實現，我絕對會讓你交出證據。」

就在說完這句話的瞬間，所有的情感都從翔太郎的眼中褪去。注視著宇治家秘書的雙眸變得無比澄澈。

「不管有多麼崇高的宗旨，或是具有多高的便利性，扭曲的系統一旦生根，就會在往後造成諸多悲劇。這點只要看看歷史就一目了然，我自己也充分體會了這點。

從短期來說，Z幣也許的確能夠促進地區經濟的活性化，但是長期來看，卻勢必會成爲弊害。畢竟〈宮門〉目的終究是追求利潤，提高手續費是勢在必行。此外一旦〈宮門〉是透過違法手段取得設立銀行的權利曝光，依賴Z幣的人和不依賴Z幣的人之間一定會產生對立，其他的大企業也不會對此默不作聲，這就像抱著不定時炸彈一樣。在爲了實現政策而對現實妥協的時間點，就已經失去了必勝的正義——不論是你，或是父親。」

彷彿所有的聲音都從世界上消失了一樣，會場上一片靜默。大家都一聲不吭，只是注視著台上的兩人。

宇治家秘書就這樣站在翔太郎澄澈的視線之下。

「——我明白您想說的話了。」

他用混雜著嘆息聲的嗓音開口：

「看來我也有必須反省的地方。不過雖說已經泡湯了，但這終究是知事的就職典禮。我們也佔用了大家不少時間，我們就先告一段落，之後再針對需要我謝罪的事情詳談吧。」

從會場的各個角落傳來從緊張狀態下鬆一口氣的嘆息聲，這些人大概以爲宇治家秘書已經認罪了吧。

但是事實並非如此。

這樣下去的話，其實是翔太郎的敗北。

宇治家秘書雖然用了「反省」、「謝罪」等詞，但是他的話中沒半個字承認自己犯錯，自始自終都採取了可以用「單純爲自己引人誤會的行爲感到抱歉」開脫的說法。

宇治家秘書看似乾脆認罪，其實卻正打算狡猾地從場上脫身。宇治家秘書只要能從台上退下來，就能夠採取各種對策。他可以找各種藉口，閃躲翔太郎的指控，並從誓約書開始下手，在那段期間處理掉所有證據。〈宮門〉也絕對不會默不作聲，想來應該會透過御用媒體大舉抹黑翔太郎。接受獻金的議員也會站在〈宮門〉這一邊，為了守護善壹先生，宇治家秘書也會默認這些行為。

也就是說，如果不在現在一決勝負，翔太郎就輸了。

即使翔太郎繼續質問宇治家秘書，宇治家秘書大概也只會從頭到尾用不會落下把柄的曖昧說辭回答。

你該怎麼辦，翔太郎？

最後翔太郎舉高一隻手，制止準備放下麥克風的宇治家秘書。

「要結束之前，請先等一下。」

「就算您這麼說，我們也不應該再給相關人士添麻煩了。」

「我最後的王牌應該已經來到會場了，那張王牌能讓我們在這裡為一切劃上句點。」

會場再次沸騰起來。

（在這裡為一切劃上句點？有那種東西嗎？）

我也抱持同樣的想法。眞的有那種像鬼牌一樣的最終王牌嗎？而且王牌已經「來到」會場？

「請不要勉強拖延時間了，那種王牌根本不可能存在。」

「當然存在啦，王牌一定在場，而且馬上就會露面。」

翔太郎又是「在場」，又是「露面」的，說的好像他在等的是人……不會吧？

「這不是沒出現嗎？應該不是您搞錯了吧？」

「沒那回事。」

翔太郎在會場逡巡的目光從人群中認出我，並停了下來。

我對上他澄澈的眼睛。

沒錯，就是我。

最後的王牌就是我。

「拜託在我到場之前都不要輕舉妄動。」『我知道了，我很期待喔，雲井。』

翔太郎正在期待著我。

他是認眞的嗎？我效忠的只是善壹先生喔，如果議員不是善壹先生的兒子，我早就辭職走人了。翔太郎是天才的話，這種程度的事情他一定知道。他到底爲什麼要這麼信賴我？

我的手上確實……但是要在這裡亮出來……我心情上的調適還……

我將手放上胸膛，被名爲「漆原善壹的違法行爲」的凶器貫穿後，滋長的憤怒仍然沒消失，在胸口徘徊不去，而那份憤怒的矛頭對準的對象也沒有改變。

——冷靜下來，雲井進。

你可是世界上最漆原翔太郎秘書的人。

這句話就文法而言，根本亂七八糟，但並不是什麼自我暗示，而是我出自內心的想法。

「我將王牌帶來了。」

我高聲說道，穿過人群朝舞台前進。宇治家秘書大概沒料想到我竟然在場，罕見地睜大眼睛。

「這就是證據，漆原議員。」

我走上舞台，高高舉起手上的塑料袋。裡面裝的是筆蓋上密密貼滿珠子的原子筆，以及兩張膠紙。

我爲了這個，在搭新幹線之前還先回家一趟。

「這支原子筆之前是在〈宮門〉總公司一個稱爲『方室』，只用於進行重要交易的房間。爲什麼這樣一支款式奇特的原子筆會出現在這種地方？我感到奇怪的同時，想起宇治家先生喜歡撫摸桌燈上的葡萄裝飾、日本生鐵壺上的水珠狀浮雕，還有鮭魚子等顆粒狀的東西。我還聽他說最近常常忘東忘西，那麼這支原子筆搞不好是宇治家先生的東西。我的腦中瞬間閃過這個想法，於是就跟鐵子總帥要了這支筆回家。」

宇治家秘書的眼睛睜得更大了。

「不過是支原子筆，你要的話就拿去吧，但是麻煩你快點給我簽名。」在鐵子總帥的催促之下，回答「遵命」的我一簽完名，就說著「感謝您的贈送」將原子筆放入口袋帶回家了。

因爲那時我回想起翔太郎在公園事件對我說過的話。

——雲井你也該向她看齊，多多注意指紋才是。

——如此一來，你應該能夠成爲比現在更優秀的秘書吧。

如果從這支原子筆上檢查出宇治家秘書的指紋，就代表那個人曾經爲某件事而被叫到方室。雖然就算問宇治家秘書，他大概也不會老實回答，但身爲秘書還是應該確認一下。

我用發燒而朦朧的腦袋模模糊糊地這樣想著。

「我回家後用市面上的提取指紋的工具，採取了原子筆上的指紋。雖然筆蓋因爲凹凸不平而無法順利採集到指紋，但是握把的地方則成功得到指紋。提取出來的結果就是第一張膠紙。宇治家先生在我被叫去〈宮門〉的前一天，也就是九月十四日上東京，他應該就是在那時遺落了原子筆。託此之福，指紋還相當清晰。

第二張膠紙上的指紋，則是從前幾天我從宇治家先生手中接過的選舉公報上提取出來的。兩枚指紋完全一致，所以方室的那支原子筆絕對是宇治家先生的東西。」

我在因爲高燒而搖搖晃晃的狀態下進行採取指紋的作業，作業一結束，我就倒進床裡，連收拾工具的力氣也沒有。由於耗盡了全身精力，我隔天還請假在家休息。

——我就知道你會帶過來。

翔太郎滿意地低語。

翔太郎知道原子筆的存在——這麼說來，那一晚他來探病的事情，並不是我作夢。

「那支筆看來的確是我的，但是你們沒辦法證明那支筆是從方室拿來的。」

「不，我透過裝在胸前口袋中的原子筆裡的微型攝影機，清楚地拍下了方室內部的樣子，所以我能夠提出證明。」

「眞是立了大功啊，雲井。」

翔太郎向我點了點頭，然後轉向宇治家秘書。

「而宇治家先生先前才說過你和宮門之間『別說檯面下了，就連檯面上的交易都沒半椿。』而且和鐵子總帥之間的談話內容也僅限於討論Z縣知事選舉，那麼爲什麼在只用來進行重要交易的房間之中，會有你的原子筆？你就算裝傻也沒用，畢竟在場兩千多人都是證人。」

翔太郎在宇治家秘書面前出示竊聽器果然不是爲了讓他自白，而是爲了讓他掉以輕心，在大家面前自掘墳墓。

宇治家秘書否認任何交易的時候，我就覺得納悶，但沒想到這會成爲最後致勝的關鍵。

在兩千人的注視之下，城牆緩緩崩塌。即使如此，宇治家秘書依然試圖繼續說下去。

「那種東西……」

是我不知道忘在哪裡，結果被其他人帶進方室——他大概打算用這類牽強的藉口來開脫吧。

但是宇治家秘書停了下來。

他凝固在欲言又止的模樣，就這樣凝視著我和翔太郎。

一眨也不眨的眼裡所映出的色彩明顯地改變了。

不知過了多久時間，宇治家秘書深深地呼出一口氣。

「——原子筆之所以會出現在方室，是因爲我和〈宮門〉進行了暗盤交易。」

城牆消失了。

在一瞬之後，宛如地鳴般的轟然掌聲和歡呼聲響徹整個會場。

4

「宇治家先生！」

我設法追上在負責會場警備的隨扈陪同之下，前往Z縣縣政府避難的宇治家秘書。在相關人士以外禁止進入的狹窄通道上，宇治家秘書的背影顯得比以往來得小。

「眞的很抱歉。」

「爲什麼要道歉？」

宇治家秘書回過頭的臉上，是出乎我意料之外的安穩表情。

「你只是做你的工作而已，並沒做錯任何事情。不過我眞是栽在阿翔手上了，一開始我還有所防備，但是他一而再，再而三的問題言行讓我不知不覺鬆懈了下來。沒想到這傢伙竟然在背地裡策劃這些事情，眞是超乎我想像的傻子啊。」

笨蛋和傻子明明意思相同，但是宇治家秘書說出後者的方式卻更爲柔軟。

宇治家秘書從胸前口袋中取出原子筆，款式和我從方室帶走的原子筆一模一樣。

「這可是那個一輩子耿直不妥協的善壹先生，在最後就算犯法也要實現的政策，阿翔只要裝沒看見就好了，那樣對Z縣縣民也比較好。即使會讓〈宮門〉大撈油水，應該也還是有很多中小企業想著『希望能儘早得到以低利息融資的資金』、『總比被捲入不知道是誰營運的高風險投資計畫好。』」

宇治家秘書粗大的手指撫摸著筆蓋上的鑲珠，一粒一粒憐愛地來回撫摸。

「最近滿腦子都是Z幣的事情，害我老是忘東忘西——我想起來了，雖然有點晚了，不過這是上次外送壽司的錢，還附帶利息。」

宇治家秘書向我遞出一萬元鈔票，我雖然有點遲疑，但還是伸手接下鈔票。宇治家秘書見狀露出愉快的笑容。

「我接下來大概會忙著被警察問話、被媒體追著跑，被各種事忙得不可開交，所以幸好我能趁現在還你錢。」

「宇治家先生，您該不會……」

我好奇地望著宇治家秘書，出聲詢問：

「您該不會事先安排好一切，以免波及漆原議員？所以您才會在和〈宮門〉達成檯面下交易後的那場選舉中，從選舉公報中刪掉地區貨幣政策。要求議員不要來爲小笠原知事的選舉站台，也是爲了同樣的理由；再來建議鐵子總帥簽下『漆原翔太郎和〈宮門〉沒有半點關係』的誓約書也是……」

「光憑你能夠有這個想法，就不枉我讓你當第一秘書了。」

宇治家秘書沒有正面回答，只是一臉抱歉地繼續說下去。

「就算你不相信也無妨，不過我提拔你成第一秘書並不是爲了擺脫麻煩，而是眞心誠意地希望你能夠有所成長，好阻止阿翔的暴衝。」

「暴衝……嗎？」

「沒錯，今天的這件事應該也讓你明白了吧？阿翔只要認定自己是正確的，不論使用什麼手段，或是不論別人會變得怎麼樣，他都會實現自己的想法，還不抱任何罪惡感。對他而言，這就是他所謂的『正義』。」

——我個人認為，專業人士和業餘人士的差別就在於對罪惡感的忍耐度。

「但是啊，這個世界可沒美好到能讓那種東西無往不勝。所以善壹先生才會對阿翔踏入政界抱著消極的態度，還曾經喃喃說過『我兒子說不定不適合當政治人物，不，說不定他是不應該成為政治人物的人種。』在善壹先生為了名為地區貨幣的正義犯法，受盡罪惡感折磨之後，他的這個想法似乎變得更強烈了。」

就壞事還比較易懂這點來說，壞事還比較沒那麼差勁。宇治家秘書自言自語一般地低聲說：

「我應該更認真看待善壹先生的擔憂，這樣的話，我就不會選阿翔這樣沒資格當政治人物的人成為繼任人了。」

「沒資格……是嗎？」

我按捺胸口中的疼痛，覆述了一遍宇治家秘書的話。宇治家秘書靜靜地點了點頭。

「揭發惡事這種事情，只要交給警察或偵探就好了。『就算只多一個人也好，思考能讓更多人得到幸福的方法，並且實踐。』我認為這才是政治人物的正義。

從這個觀點來看，阿翔很顯然沒資格當政治人物。他提出『長期下會有問題』這種不確定的將來，毀了能將縣民從眼前的不幸拯救出來的政策，結果只是揭發了父親與一家企業的違法行爲。一個如此揮舞著本來就很危險的『正義』旗幟的人，根本就不應該從政——哎，不過不用我擔心，他應該也會辭去議員吧。」

「他會嗎？」

「他會的。他特地劫持就職典禮，並不只是爲了讓縣民當證人，一方面也是爲了讓媒體大肆報導這一切吧。造成這麼大的騷動，要負的責任也非同小可。黨內大老這次也不會允許他的行爲，他本人應該已經對此有所覺悟了。」

我停在一句話也說不出來的狀態，於是宇治家秘書說了聲「走吧。」催促隨扈前行，但隨即又像想起了什麼似地開口：

「雖然不知道最後的判決會怎麼樣，但是我今後將會退出政界這點倒是千眞萬確。想到以後不用爲了顧慮周圍的人硬扯冷笑話，我就覺得清爽痛快。」

「那些冷笑話只是您自己喜歡才講的吧？」

準備離去的宇治家秘書聞言，一臉意外地停下腳步。

「我喜歡冷笑話？誰這麼說的？」

當天晚上，翔太郎便辭去議員。

就職典禮結束後，翔太郎丟下我先行回去東京，並在抵達東京後召開記者會宣布辭職，我毫無機會和他討論去留問題。接下來直到轉交議員事務室爲止，我和翔太郎幾乎沒什麼交談。

在那之後過了一個月。

世間一改之前對翔太郎的評價，大概是因爲他毫不留戀地交出議員徽章這件事頗受好評。雖然也有人批評他此舉是「將議員職務私人化」不過大多數的評論依舊是誇獎他的行動所展現出的不屈不撓及聰明才智，以及揭發自己父親不法行爲的公正清明。

儘管如此，聽到「雖然論點有點極端，不過現在仔細一想，他也說過有見地的想法。」之類的『街頭聲音』，仍然讓我目瞪口呆。

善壹先生可能畢竟是逝世之人，批評聲比預想中得少，抱著同情的言論的比例反而比較高。

Z幣在檯面下的交易逐漸浮出全貌，〈宮門〉的股價暴跌，鐵子總帥則以「在〈宮門〉成爲世界第一企業的路上，我儼然只是個阻礙。」爲由，早早辭去了總帥之位。

小笠原在〈沒有證據的情況下〉被翔太郎灌下安眠藥，遭人奪走就職典禮這一點來看，可說是被害人，而且他對Z幣銀行的暗盤交易似乎眞的一無所知。不過因爲他默認了「毒品博物館」等地的違法招標，所以才剛上任的他就在縣議會上被鬧得雞犬不寧，讓他早早就向周圍透漏辭職的念頭。

《每經新聞》對這件事接連發布了詳細的報導，遠遠超前其他報社。報上經常能看到橘署名的報導。這大概歸因於他爲了撰寫善壹先生的傳記收集了大量情報，再加上爲了「回敬」就職演講一事，積極訪問翔太郎周圍的人，讓他手上對漆原一家握有遠勝過其他記者的情報。不過橘的筆鋒自始至終都貫徹基於客觀事實的分析，絲毫不見對善壹先生的私情，以及對翔太郎的私怨。正如翔太郎對他的看法，橘是一個能爲大義而捨棄自我好惡的男人。儘管在小春面前丟臉一事令人同情，不過他橫豎都會被小春拒絕，所以對橘而言，也許這樣的結果也不錯。

說到小春，她在翔太郎辭職之後，馬上被其他議員挖角，成爲其他議員的秘書。小春本人雖然嘴巴上說著「絕對絕對不是，我絕對沒那麼想。」滿臉通紅地一再否認，不過她一定是考慮到要具備隨時都能養翔太郎的經濟能力，才選擇再度就職。畢竟議員取下徽章之後，也只是普通人。即使是翔太郎，也未必能夠馬上找到下一份工作。

我也和小春一樣，收到幾位議員提出的工作邀約。我雖然非常感激，但還是全數拒絕了。爲了這件事情，一之瀨前天還找上門來。

「聽說你收到工作邀請，但是統統拒絕了。」

沒有事先聯絡就登門拜訪的一之瀨，一進門就馬上單刀直入地開口。

「你是因爲有了議員不信的心情，所以才全部拒絕了吧。」

「那個感覺會出現在民意調查中的奇怪成語是什麼啊。」

「這個成語是我個人獨創的，意思是無法再信任國會議員。原因大概是被漆原議員欺騙了一年以上導致的打擊吧，所以你才不想再當議員秘書了。我能理解你的心情，不過儘管由我這個一起騙你的人來講很奇怪，但是你的想法是錯的。漆原議員其實非常信賴雲井先生，他是相信雲井先生一定能夠理解他，才狠下心欺騙你的。我一直很嫉妒雲井先生能夠受到如此信賴，這種想法愈來愈強烈，最後甚至連和你四目相對都心生不願。」

原來在避開我的行爲之下，有這麼複雜的男人心。

「然而就職典禮的事情讓我醒悟了，和從舞台上逃下來的我不一樣，雲井先生直到最後都站在議員身旁，甚至還爲議員帶來致勝的王牌。議員會這麼相信雲井先生也是理所當然。所以請不要糾結於議員不信的心情，再度接受秘書的工作……」

「感謝你的擔心，不過我並沒因爲被騙而深受打擊，也沒有什麼議員不信的情結。我只是想稍微休息一下，等我有頭緒後再回去。」

一之瀨聽到我這樣回答後，就看似安心地回去了。不論是對我的嫉妒心，還是拋下翔太郎下台，他這些地方雖然孩子氣，但並不是個壞人。

對像他這樣的人說謊雖然有點過意不去，不過我還是沒打算告訴他眞正的理由。

得知漆原善壹的不法行爲的當下，我心中湧起的憤怒至今仍縈繞不去，而那份憤怒對準的對象也依然不變。

我對我自己——對雲井進依然憤怒不已。

不管是善壹先生還是翔太郎，他們都是爲了國民的幸福行動。雖然這麼講可能會讓人誤會，但是我認爲他們的目的本身都是高尚正確的。

然而結果卻失去了控制。

善壹先生涉及違法行爲，翔太郎則一手擊潰父親畢生心願的政策。

而我就立場而言，正是應該阻止他們的人。特別是對於翔太郎，我身爲公設第一秘書更是責無旁貸。

站在長期的角度阻止Z幣的翔太郎不應該被全盤否定，然而正如宇治家秘書所說，翔太郎高舉的不過是警察及偵探的正義。

翔太郎也許沒有讓國民陷於不幸。

不過他也沒爲國民帶來幸福。

揭發〈宮門〉的惡事，同時爲Z縣縣民實現眞正公平的地區貨幣——這才是政治人物應爲的正義。而我的工作就是引導翔太郎這麼做，讓他的「正義」不致於失去控制，這才算得上是回報善壹先生的恩情。

結果我連這種事情都不懂，根本沒資格抱著「讓國民幸福」的想法，繼續擔任秘書。

我不當秘書之後，母親幾乎每天打電話過來勸我相親。這次的對象好像有機會讓我攀上豪門，就這樣順母親的意大概也算是一種孝順吧。我在客廳裡把玩著手上的手機，同時心不在焉地這麼想的時候，手機突然響了。

電話是翔太郎打來的，不知道他打來做什麼。我們之間上一次好好談話，究竟是什麼時候？

「喂？」

『我決定參選東京都知事嘍。』

這就是我緊張地接起電話後，迎來的第一句話。

等等，參選東京都知事？

『要改變國家，果然還是該從地方自治開始啊。這下會開始變忙嘍。』「請等一下，四月的都知事選舉就快要到了喔？您才剛辭去議員，為什麼會決定參選？」『因為我現在大受好評，出馬競選的話一定能夠勝選嘛。』「國民是被您毫不留戀地辭職的姿態感動，不到半年就復出政壇的話，一定會被視為背叛國民的期待而大受抨擊。」『隨便被我感動可不行啊，大家身邊一定有更值得感動的事物。』

我久違地再次感到腦袋隱隱作痛。

「說起來，為什麼是都知事？您和東京應該毫無淵源吧。」

您就那麼喜歡東京的小酒館嗎？在我準備接著說出這句話時，電話的另一頭傳來詫異的聲音。

『這不是你說的嗎？你說過我獨特的言行適合朝都知事發展。』

這傢伙——

果然只是個單純的笨蛋吧？

「那個、我稍微確認一下，您之前是為了欺騙世人的目光，才故意耍蠢，對吧？」

『嗯？我可從來沒這麼說過啊？』

我往回追溯了一下記憶。

……還真的沒講。

翔太郎當時只說了「表面上的言行」。

我被騙了……不，是我們這些人不該擅自做出解釋？還是說這也是翔太郎讓自己看起來像笨蛋的策略？

——說歸這麼說。

『比起那個，其實我也隱約覺得自己適合朝都知事發展喔。不管怎麼說，東京都是眾人矚目的焦點，也比較方便和其他知事合作，要進行地方改革的話，我覺得東京比較能取得領導地位。所以呢，我要再次任命你，雲井進，當我的第一秘書。今天就來發表競選聲明吧。』

說不定翔太郎這次眞的打算實現「政治家的正義」。

這麼一來，這就是我能夠做好我的工作的機會。

「現在還太早了，起碼等到明年初吧。」

於是我就這麼回覆了。

NIL 05／選民服務是解謎!?國會偵探漆原翔太郎事件簿

原著書名／セシューズ・ハイ議員探偵・漆原翔太郎
作　　者／天禰涼
原出版者／講談社
翻　　譯／鍾雨璇
編輯總監／劉麗真
責任編輯／張麗嫺
總 經 理／陳逸瑛
榮譽社長／詹宏志
發 行 人／涂玉雲
出 版 社／獨步文化
城邦文化事業股份有限公司
104台北市中山區民生東路二段141號5樓
電話：(02) 2500-7696　傳眞：(02) 2500-1967
發　　行／英屬蓋曼群島商家庭傳媒股份有限公司
城邦分公司
104 台北市中山區民生東路二段141號2樓
網址／www.cite.com.tw
讀者服務專線／(02) 2500-7718；2500-7719
服務時間／週一至週五：09：30～12：00　13：30～17：00
24小時傳眞服務／(02) 2500-1900；2500-1991
讀者服務信箱E-mail／service@readingclub.com.tw
劃撥帳號／19863813
戶名／書虫股份有限公司
香港發行所／城邦（香港）出版集團有限公司
香港灣仔駱克道193號東超商業中心1樓
電話／(852) 2508-6231　傳眞／(852) 2578-9337
E-mail／hkcite@biznetvigator.com
馬新發行所／城邦（馬新）出版集團
Cite (M) Sdn Bhd
41, Jalan Radin Anum, Bandar Baru Sri Petaling,
57000 Kuala Lumpur, Malaysia.
Tel: (603) 90578822
Fax:(603) 90576622
email:cite@cite.com.my
封面設計／心戒
封面插畫／加藤木麻莉
印　　刷／前進彩藝有限公司
排　　版／陳瑜安
●2016（民105）1月初版
售價290元

ISBN 978-986-5651-47-3

國家圖書館出版品預行編目資料

選民服務是解謎!?國會偵探漆原翔太郎事件簿／天禰涼著；鍾雨璇譯. –初版. – 台北市：獨步文化，城邦文化出版：家庭傳媒城邦分公司發行，民105.1
面；公分. --（NIL；05）
譯自：セシューズ・ハイ議員探偵・漆原翔太郎
ISBN 978-986-5651-47-3（平裝）

861.57　　104026741

廣　告　回　函
北區郵政管理登記證
台北廣字第000791號
郵資已付，免貼郵票

104台北市民生東路二段 141 號 5 樓

英屬蓋曼群島商家庭傳媒股份有限公司

城邦分公司

獨步文化　　收

請沿此虛線剪下，將活動卡對摺、黏貼後寄回即可

黏貼處

獨步十週年慶活動 Bubu 集點卡

東京來回機票 × 2017 年全套新書 × 限量款紀念背包

預約未知的閱讀體驗・挑戰真實的異國冒險

想見識日系推理場景卻永遠都差一張機票？
想閱讀的時候書櫃剛好就缺一本推理小說？
想珍藏「十週年紀念限量款」Bubu 後背包？

三個願望，今年 Bubu 一次幫你實現！
集滿三枚點數就可參加抽獎，每季抽出，集越多中獎機率越大！

首獎：日本東京來回機票乙張 2 名（長榮航空經濟艙來回機票，價值約 NT 40,000 元）

二獎：獨步 2017 年新書全套　每季 5 名（總價約 NT 14,000 元）

三獎：Bubu 十週年紀念限量帆布包　每季 5 名（價值約 NT 3,000 元）

BOARDING CARD
TPE ✈ NRT
APEXPress

首獎
日本東京來回機票

二獎
獨步 2017 年新書全套

三獎
Bubu 十週年紀念限量帆布包

【活動辦法】

- 即日起至 2016 年 12 月 31 日止，獨步每月新書後面皆附有本張「獨步十週年慶活動 Bubu 集點卡」乙張及 Bubu 貓點數 1 枚，**月重點書則有 2 枚**（請見集點卡右下角）！
- 將 Bubu 貓點數剪下貼於本張活動集點卡，集滿「三枚」並填寫個人資料後寄出，即可參加獨步十週年慶抽獎活動！（集點卡採【累計制】，每一張尚未被抽中的集點卡都可以再參加下一季的抽獎，寄越多，中獎機率越高喔！）
- 二獎和三獎於 2016 年 4 月、7 月、10 月及 2017 年 1 月的 15 日公開抽獎。
- 首獎於 2017 年 1 月 15 日抽出。（活動於 2016 年 12 月 31 日截止，郵戳為憑）

◆ 詳細活動規則請見獨步文化部落格：http://apexpress.blog66.fc2.com/
◆「每月重點主打書籍」與「活動得獎名單」將於獨步文化部落格、獨步臉書粉絲團公布。
◆ 2017 年新書將於每月 15 日寄出給中獎者。

【Bubu 點數黏貼處】

【聯絡資訊】（煩請以正楷填寫以下資料，以免因字跡辨識困難導致贈品寄送過程延誤）

姓名：＿＿＿＿＿＿＿＿　年齡：＿＿＿＿　性別：☐ 男 ☐ 女

電話：＿＿＿＿＿＿＿＿　E-mail：＿＿＿＿＿＿＿＿＿＿

獎品寄送地址：＿＿＿＿＿＿＿＿＿＿＿＿＿＿＿＿

【個人資料蒐集告知事項】為提供訂購、行銷、客戶管理或其他合於營業登記項目或章程所定業務需要之目的，家庭傳媒集團（即英屬蓋曼群島商家庭傳媒股份有限公司城邦分公司、城邦文化事業股份有限公司、書虫股份有限公司、墨刻出版股份有限公司、城邦原創股份有限公司），於本集團之營運期間及地區內，將以 mail、傳真、電話、簡訊、郵寄或其他公告方式利用您提供之資料（資料類別：C001、C002、C003、C011 等）。利用對象除本集團外，亦可能包括相關服務的協力機構。如您有依個資法第三條或其他需服務之處，得洽詢本公司服務信箱 cite_apexpress@cite.com.tw 請求協助。

☐ **我已詳讀權利義務之相關條款，並同意遵守。**

黏貼處

【注意事項】1. 本活動限臺澎金馬地區讀者參與。 2. 參加者請務必留下有效郵寄地址，若贈品無法投遞，又無法聯絡到本人，恕視同棄權。 3. 本活動卡及 Bubu 點數影印無效。 4. 欲看贈品實物圖請上獨步部落格：http://apexpress.blog66.fc2.com/ 5. 抽獎贈品將以郵局掛號方式寄出，得獎訊息將會於獨步文化部落格、獨步臉書粉絲團公告。

歡迎加入獨步臉書粉絲團
獲得最快最新的出版資訊！Bubu 在臉書等你呦～
https://www.facebook.com/APEXPRESS

◀歡迎剪下我

請沿此虛線剪下，將活動卡對摺，黏貼後寄回即可